野いちご KEITAI SHOUSETSU BUNKO SINCE 2009

独占欲全開なモテ男子と、幼なじみ以上になっちゃいました。

みゅーな**

JN031243

◎STARTS
スターツ出版株式会社

イラスト/Off

ずっとだいすきな幼なじみの瑞月くん。
幼なじみ以上になりたいのになれなくて。

しかも、どうやら瑞月くんには好きな子がいるみたいで。

だから、少しヤケになってみたら。

「わ、わたし彼氏作ることにする……！」
「……ダメだよ。ひよは俺のだから」

幼なじみのはずの瑞月くんが
本気で甘く攻めてきた。

「可愛い陽依は俺の。
死んでも他の男には渡さないから」

惚れて堕としてもっとして。

独占欲全開なモテ男子と、幼なじみ以上になっちゃいました。

登場人物

綾瀬 陽依
あやせ ひよな

隣の家に住む幼なじみ・瑞月のことが大好きな高校2年生。瑞月とは生まれたときからずっと一緒にいる。好きな気持ちを伝えたいが、今の関係が崩れるのを恐れて思いとどまっている。

相沢 瑞月
あいざわ みつき

陽依を溺愛する幼なじみ。イケメンで成績優秀、スポーツ万能の完璧男子。モテモテだが陽依にしか興味がなく、陽依に対してだけ独占欲が強い。

笠原 幸花
かさはら さちか

陽依と瑞月のクラスメイトで、陽依
と仲のいい友達。人懐っこく愛嬌の
ある性格をしており、ちょっと天然
なところがある。

天木 薫
あまき かおる

陽依たちと同じクラスで、幸花
の彼氏。瑞月が唯一話をする存
在でもある。イケメンで穏やか
な性格。

久城 月希
ひさき つっき

陽依の先輩で、高校3年生。王子様
のような見た目だが、裏では遊んで
いると噂されている。あるきっかけ
から陽依に迫るように。

☆
☆
☆
☆
第１章

幼なじみの瑞月くん。

　わたし綾瀬陽依の朝は、とっても早いのです。

　学校に行く前、自分の身支度をささっと終わらせて。

「陽依〜？　朝ごはんどうするの？」

　玄関でローファーを履いていたら、お母さんが声をかけてきた。

「うーん、大丈夫!!」

　寝てる時間とか、ごはんを食べてる時間なんか、もったいなく感じちゃう。

　それよりも、早く顔を見たくて話したい人がいるから。

「また瑞月くんの家に行くのかしら？」

「うんっ。だって、早く会いたいもん！」

「もう〜。小夜ちゃんにあとでお礼言っておかないと。いつも陽依がお邪魔しちゃってごめんね〜って」

　小夜ちゃんっていうのは、お母さんの学生時代からの友達で、さっき名前が出てきた瑞月くんのお母さんでもある。

　わたしのお母さんと小夜さんは、ものすごく仲が良くて、大人になった今も仲良し。

　仲が良すぎて、隣に家を建てて住んじゃうくらい。

「だって、わたしが起こしに行かないと、瑞月くん起きてくれないんだもん！」

「はいはい。陽依はほんとに瑞月くんがだいすきなのね〜。あんまり迷惑かけないようにね」

　やれやれと呆れた様子のお母さん。

　でもね、だいすきは否定しないよ。

　だってだって、小さい頃からずっと……この気持ちは変わらないから。

「うん、わかってるよ！　それじゃ、いってきます！」

「はい、いってらっしゃい〜」

　家を出て30秒くらい。

　すぐに瑞月くんの家に到着。

　インターホンを鳴らして数秒後。

「あら、陽依ちゃんおはよう〜！」

「おはようございます……！」

　すぐに玄関の扉が開いて、小夜さんがお出迎え。

「いつもごめんなさいね。瑞月のこと起こしてもらっちゃって〜」

「いえいえ！」

　小夜さんは、ほわーんとした雰囲気でいつもにこにこ笑ってる。

　朝からわたしが押しかけてきても、嫌な顔せずに受け入れてくれる。

「瑞月ってば、わたしが起こしてもぜったいに起きてくれないから困っちゃうの。でも、陽依ちゃんの声だったらすぐに起きてくるから〜」

「えへへっ、そうですかねっ」

「そうよ〜。だって、瑞月は昔から陽依ちゃんのことだいすきだもの〜！」

だいすき……かぁ。

それはどうかな。

わたしは好きだけど、たぶんこの気持ちは一方通行みたいなものだから。

何も言えなくて、にこっと笑い返して、階段をスタスタのぼっていく。

そして、つきあたりの部屋の扉を遠慮なく開ける。

もう起きなきゃいけない時間なのに、起きてる気配はなさそう。

ベッドのほうを見ると少し山になってる。

今スヤスヤ寝てる男の子——相沢瑞月くん。

瑞月くんは小さい頃からずっと一緒の幼なじみ。

生まれたときから一緒で、なんとすごいのが誕生日まで同じなの。

お母さん同士も仲がいいとはいえ、同じ日に男の子と女の子が生まれるなんて奇跡～！とか盛り上がっちゃって。

わたしと瑞月くんの名前だってね。

陽依って名前が太陽から1文字取って、瑞月って名前が月が入るようにつけたらしい。

太陽と月みたいに、お互いの存在がとても大事って思えるようにって願いを込めたらしい。

小さい頃は『ふたりは将来ぜったいに結婚するのよね～』なんて、お母さんと小夜さんに言われて。

家族で仲がいいっていうのと、家が隣同士っていうのもあって、とにかく小さい頃からずっと一緒。

　わたしの両親が共働きだから、よく瑞月くんの家にあずけられたり。

　そのおかげで、小さい頃からさびしい思いはしたことなくて、いつもわたしのそばには瑞月くんがいてくれた。

　困ってるときはぜったい助けてくれるし、おまけに面倒見もよくて。

　ずっとずっとそばにいて、好きにならないわけなくて。

「みーつくん、起きて」

　ベッドの上にひょこっと乗って、身体を揺すって起こしてみる。

「ん……」

　形のいい唇から漏れた声。

　気持ちよさそうにスヤスヤ寝てる顔も、すごくかっこよくて整っている。

　一度も染められたことがないサラッとした黒髪。

　それと同じ色の、とても綺麗な瞳をしていて。

　顔のパーツは、どこを見ても欠点がない。

　背だって高くて、たぶん180センチは超えてるんじゃないかな。

　見た目だけじゃなくて頭もすごくいいし、成績は常に上位をキープしてる。スポーツだって、何をやらせても完璧にこなしちゃう。

　そんなかっこいい瑞月くんを、女の子が放っておくわけなくて。

　幼稚園から高校までずっと瑞月くんと一緒だけど、とに

かくモテてばかり。

中学校の頃なんて、いったい何人の女の子に告白されてたことか。

高校2年生になった今も、モテモテぶりは健在。

でも、瑞月くんは、どれだけたくさんの女の子に告白されても付き合ったりしなくて。

ただ単に、好みの女の子がいないのか。

それとも理想が、とっても高いのか。

どんな理由があっても、瑞月くんが他の女の子のところにいかないなら、なんでもいいやって。

こうやって瑞月くんのそばにいられるのは、幼なじみの特権。

もちろんずっと幼なじみ止まりは嫌だし、それ以上の関係になりたいって思うけど。

今こうして幼なじみとしてそばにいられるほうが、幸せなのかもしれないって思ったり。

だって、瑞月くんの気持ちがわたしに向いてなくて振られちゃったら。

幼なじみとして、そばにいることすらできなくなっちゃうから。

それに……たぶん瑞月くんは、わたしのことをただの幼なじみとしか見てない。

好きって気持ちがあるのは、いつだってわたしだけ。

「……ひよ、重い」

ひとりの世界に入り込んでいたら、瑞月くんの瞳が眠そ

うに開いた。

「おはよ、瑞月くんっ」

　ガバッと腕を広げて、そのまま瑞月くんの上にダイブ。

「……朝起こしに来てくれるのはいーけどさ。なんでいつも俺の上に乗ってくるの」

「だってだって、こうでもしないと起きてくれないでしょっ？」

　これは嘘だよ。

　ほんとはね、ちょっとでもいいから瑞月くんとギュッてできたらいいな……なんて願望があったり。

「……男のベッドに入ってくるとか無防備すぎ」

「瑞月くんだからいいかなって」

「……俺以外の男だったら危ないでしょ」

「大丈夫だよ？　だって、瑞月くんのベッドにしか飛び込まないもんっ」

　瑞月くん以外の男の子なんて興味もないし、眼中にないもん。

　それくらい瑞月くんへの気持ちは強いんだから！

「……なんでひよってそんな無防備なの」

「瑞月くんの前だけだよ？」

「……うん、ぜったい俺の前だけにして。他の男にこんなことしちゃダメだから」

　ぜったいしないのに。

　わたしは瑞月くんしか見てないのになぁ。

「み、瑞月くんもね、他の女の子にこんなことさせちゃダ

メだよ？　わたしのそばにいてね？」

「いつもひよのそばにしかいないじゃん」

「うぅ、そうだけど」

　でも、それは幼なじみだからって理由で、そばにいてく
れてるんだよね。

「……だから、ひよも俺のそばにいて」

　何を考えてるかわかんない真っ黒の瞳が、ジッととらえ
て離してくれない。

　おまけに指先をスッとわたしの首元まで伸ばして、ブラ
ウスのボタンをいっこだけ外した。

「み、みつくん……？」

「ん？」

「何してるの……っ」

「……こーやってさ、ひよが俺と同じやつしてんの見るの
好きなんだよね」

　毎日ぜったい欠かさずにつけてる、ラピスラズリのネッ
クレス。

　これは16歳の誕生日のとき、瑞月くんがプレゼントし
てくれたもの。

「俺とお揃いだもんね」

「っ……」

　ふと目線を下に落とせば、瑞月くんの右耳からさりげな
く見える同じラピスラズリのピアス。

　わたしがネックレスで瑞月くんがピアス。

　ラピスラズリは、幸運を招く石って呼ばれてるんだよっ

て瑞月くんが教えてくれた。

「ネックレスさ、ブラウスで隠さないでもっと見せればいーのに」

「先生に見つかって没収されたらやだもん……っ」

　ラピスラズリは深い青色で、瑞月くんは髪が黒だしピアスだからあんまり目立たないけど。

　わたしは制服から少しでも見えたら目立ちそうだし。

　だから、見えないようにうまく隠しているのに。

「別に見つかんないって。それより他のやつに見せつけてよ。ひよが俺とお揃いのしてるって」

「他の人に見せてどうするの？」

「ひよは俺のだから手出すなってアピールすんの」

　それって独占欲っていうんだよ。

　ただの幼なじみには抱かないもの。

　もしかしたら瑞月くんの場合は、わたしのことが好きだからとかじゃなくて、ずっとそばにいる幼なじみを他の人に取られちゃうのが嫌なだけかもって。

「うぅ、みつくんのバカ……っ」

　好きじゃないのに、そんなこと言っちゃダメだよ。

　わたし単純で、すぐ舞い上がっちゃうから。

　そのまま瑞月くんの胸に顔を埋めたら。

　瑞月くんの長い腕が背中に回ってきて、ギュッて抱きしめてくれる。

　こんな距離でドキドキしないわけなくて。

　誰だって、好きな男の子に抱きしめられたらドキドキし

ちゃうもの。

　幼なじみだからこの距離に慣れてるとか、そんなのまったくない。

「……ひよってほんと可愛いね」

　その呼び方だって、瑞月くんだけが特別だよ。

　瑞月くんにしか"ひよ"って呼ばれたくないの。

「ずるいよ、瑞月くん」

「俺はなんもずるくないよ。思ったことを素直に言ってるだけ」

　なんて言いながら、ゴソゴソ手を動かして。

「うっ……やだ、どこ触ってるの……っ」

「ひよがまたイケナイことしてるから」

「な、何もしてないよ」

「してる。こんなスカート折って」

　お腹から腰の周りで瑞月くんの手が動いて、ブラウスが少しだけ雑に捲られて。

「……俺いつも言ってるよね。こんな脚出しちゃダメって」

　膝より少し上くらいなのに、瑞月くんはいつも短すぎって文句ばかり。

「でも、みんなこれくらいの長さだよ？」

「みんなはよくても、ひよはダメ」

　ほら、また特別みたいな言い方してくるから。

「他の男に見られたいの？」

「そ、そういうわけじゃないけど」

「んじゃ、俺の言うこと聞いて」

「うぅ」

「聞けるよね。ちゃんと長さ戻さないなら、ひよの身体に
イジワルするよ」

　言うことを聞かないと容赦しないの。

「……ひよの気持ちいいとこ、あててあげよっか？」

「っ……」

　耳元で囁かれる甘くて低い声。

　その声と吐息を感じるだけで、身体が変な感じになって
くる。

「耳とか弱いもんね」

「う、や……っ」

　耳たぶを優しく指で撫でられて、反対側は瑞月くんのや
わらかい唇で挟まれて。

「あと……ここ触られると可愛い声出るよね」

「ひゃぁ……っ」

　器用な手が下のほうに移動して、スカートの隙間から太
もものあたりを触ってくる。

　ここまできたら、わたしがちゃんと言うことを聞かない
と、ぜったい止まってくれない。

「み、瑞月くんってばぁ……！」

「はいはい。おとなしくしないと噛むよ」

　全力でねじ伏せてくるのが瑞月くんスタイル。

　噛むなんて、こわいこと言っちゃダメだよ。

　でも、今の瑞月くんなら本気で噛んできそう。

「早くスカート直して」

「うっ、直す……から」

「じゃあ早くして。んで、明日もまた同じことしたらわか
るよね？」

「も、もうしない」

　ほらこれで瑞月くんの思い通り。

「はーい、ふたりとも早く朝ごはん食べちゃってね？」

「あわわ、小夜さんいつもごめんなさい……！」

　あれから、瑞月くんが着替えとかをすませて、ふたりで
下のリビングへ。

「いいのよ！　陽依ちゃんにはいつも瑞月のこと起こして
もらってるから！　朝ごはんくらい食べていって！」

「うぅ、ありがとうございます……っ」

　こうしてわたしの分の朝ごはんを用意してもらえるの
が、もはや当たり前の光景になってしまった。

　もちろん作ってもらってるから、ちゃんとお礼は伝えな
きゃって思うの。

　わたしが夢中で朝ごはんをパクパク食べていると。

「……ひよ、眠い。肩貸して」

「寝ちゃダメだよ！　朝ごはんちゃんと食べないと！」

　隣に座ってる瑞月くんは、まだ眠いみたいでボーッとし
ていて。わたしの肩に頭を乗せて寝ようとしてる。

「んー……。ひよにくっついてるほうがいい」

　甘えた瑞月くん発動。

　ふたりでいるときとか、こうやって甘えてきたりするか

ら、わたしの心臓は今日も今日とて忙しなく動いてる。

「ほーら、瑞月！　陽依ちゃんに引っ付いてないで朝ごは
ん食べちゃいなさい！」

　小夜さんが声をかけても無視だし。

　つまんないのか、わたしの髪の毛を指に絡めてクルクル
遊んでる。

「……ひよの髪ってさ、いつもいい匂いするね」

「そ、そうかな」

「うん。俺の好きな匂いする」

「み、瑞月くんも、いい匂いするよ」

　柑橘系のさっぱりした香り。

　だいすきな瑞月くんの香りだから覚えちゃう。

　おまけに、この匂いがするだけで胸がキュウッてなる。

「……んー、香水つけてるからかもね」

「えっ、瑞月くん香水つけてるの!?」

　何年もずっと一緒にいたのに、全然気づかなかったよ!?

　だって、いつも自然な感じでふわっと匂いがするから、
柔軟剤の匂いかと思っていたのに。

「つけてるよ。ってか、今さら気づいたの？」

「う、うん」

　そっかそっか。なんか香水って大人なアイテムって感じ
だなぁ。

「けっこー昔からつけてたのに」

「気に入ってるの？」

「まあね。ひよもつける？」

「えっ、いいの？」

　すると、瑞月くんが急にリビングからいなくなって数分くらい。

　おしゃれな透明の香水が入った瓶を持ってやってきた。

「ガッコー行く前につけてあげる」

　今日1日だけでも、瑞月くんが普段まとってる匂いと同じなんて幸せ！とか思っちゃうわたしって、どこまでも単純パラダイス。

　朝ごはんを食べ終えて、ようやく学校へ。

　玄関でローファーを履いて、隣には眠そうでだるそうな瑞月くんがいて。

「ひよ手首出して」

「んえ？」

　言われたとおりにしたら、手首に香水がワンプッシュ。

　ふわっと広がる柑橘系の香り。

　相変わらずいい匂いって犬みたいにクンクンしていたら、なんでか瑞月くんがクスクス笑ってる。

「何してんの。こーやって手首こすりつけて、そのまま首筋とかにつけんの」

「えっ、そうなの？」

「……ひよっていろんなことに疎いよね」

「うっ」

「あと、リボン曲がってる」

「へ……っ？」

　わたしの目の前に立ってる瑞月くん。

　視界に映るのは瑞月くんのネクタイ。

　……で、首元では綺麗な瑞月くんの指先が、制服のリボンをシュルッとほどいてる。

「ひよは何やっても不器用だね」

「瑞月くんが器用すぎるんだよ……っ」

　さっきちゃんと結んだつもりのリボン。

　自分でやるとなぜかリボンの形が、ちょっと歪んでいたり縦になっていたり。

「……俺がいないとひよはダメだね」

　普段リボンなんか結ばないのに、慣れた手つきでキュッと綺麗に結び直してくれた。

　昔からそう。瑞月くんはとても器用で、何をやらせてもそつなくこなしちゃう。

　上から見てもわかる。左右対称でバランスがいいリボン。

「んじゃ、行こっか」

　最後に頭をポンポン撫でられて、少し顔を上げて瑞月くんを見たら優しく笑ってこっちを見てた。

　きっとね、こんな笑顔を見られるのはわたしだけ。

　これも幼なじみの特権かもしれないね。

　"幼なじみだから"っていうのが、いつかなくなって。

　わたしだけの瑞月くんになったらいいのに。

幼なじみだから特別。

「あ、あのね、瑞月くん？」

「ん、なーに」

「何じゃなくて！」

　学校に向かっている途中。

　家から学校までは徒歩15分くらい。

　いつも、ふたりで登下校するのが日課なんだけど。

「手！　つなぐのおかしいよ！」

「そう？」

　たまに瑞月くんは、よくわかんない行動をするから。

　今もふたりで並んで歩きながら、わたしが昨日やってい
たテレビの話をしていたら急に手をつないできた。

　しかもずるいのが、ただつなぐんじゃなくて指を絡めて
恋人同士みたいなつなぎ方。

「こ、こういうのは彼氏と彼女がするんだよ……！」

「んじゃ、ひよが俺の彼女になる？」

　そんなあっさり言われても困る。

　たぶん本気じゃなくて冗談半分。

　だから、なんて返したらいいのかわかんなくなるの。

　黙っちゃったら、今度は瑞月くんが顔をひょこっと覗き
込んできて。

「……ひよは俺のだもんね」

　結局、瑞月くんにされるがまま。

　ドキドキと闘（たたか）いながら学校に到着（とうちゃく）。

　ちなみに瑞月くんとは同じクラスで、席も隣同士。

「陽依ちゃん、おはよう～！」

「あ、幸花（さちか）ちゃん、おはよっ」

　席に着いたら前に座っている、友達の笠原幸花（かさはら）ちゃんが声をかけてくれた。

　幸花ちゃんは高校に入ってからできた友達で、2年生になった今も仲良くしている。

　見た目はお人形さんみたいに可愛くて。

　肩につく長さの、ゆるく巻（ま）かれた少し明るい髪。

　ちょっと幼さがある顔立ち。

　性格は人懐（ひとなつ）っこくて愛嬌（あいきょう）があって、いつもにこにこ笑ってる。

　おまけに、ちょっと天然も入っていたり。

「ふふっ、ふたりとも相変わらずラブラブだねっ。手つないで来るなんて～！」

「へ……っ、あっ、や……これは！」

　しまったぁぁぁ。ずっと手をつないだままなの、すっかり忘れてたよ！

　すぐさま、手をパッと離した。

　すると、気分屋の瑞月くんは何も言わずに隣の席へ。

　普段、ふたりでいるときの瑞月くんは、わりと喋（しゃべ）ってくれるほうだけど。

　学校にいるときの瑞月くんは、あんまり人と喋りたがら

ないし、いつも寝てる。

　たまに授業をさぼって、ふらっとどこかにいっちゃうときもあるし。

「相沢くんも、陽依ちゃんのことが可愛くて仕方ないんだろうねっ」

「そ、そんなそんな……っ！」

「だって、相沢くんって陽依ちゃん以外の女の子とほとんど話さないんだよ？　喋りかけてもスルーされるみたいだし。噂だと遊びに誘われても、断ってるみたいだし！」

「うぅ、それはわたしが幼なじみだから話してくれるだけの可能性が高いような」

　自分で言って、ちょっと傷口をえぐった気分。

　幼なじみってだけで、わたしが瑞月くんのそばにいるのを気に入らない子はたくさんいる。

　昔から陰口を言われたり、面と向かって言われたことだってある。

『相沢くんがあなたのそばにいるのは幼なじみだから』

『勘違いしないようにね。幼なじみってだけで特別だと思ってたら大間違いだから』

『どうせ、ただの幼なじみは恋人にもなれないだろうし。おとなしくしてたらいいのに』

　……こんなこと言われるのはずっと前から。

　言われるたびに悔しいよ。

　でも、それがどれも事実だから。

　周りに勝手に貼られたレッテル。

　相沢瑞月が、ずっと綾瀬陽依のそばにいるのは、幼なじみとして放っておけないから。

　恋愛感情なんて、さらさらないとか。

　だから、ごく一部の女の子たちから『早く相沢くんを解放してあげてよ。いつまでも幼なじみって関係で縛りつけないで』って言われることも。

　わたしだって、好きで幼なじみをやってるわけじゃないのに。

　もし、わたしが瑞月くんと幼なじみとしてじゃない出会い方をしていたら、関係はもっと変わっていたのかな……とか考えてみたり。

　もちろん、今こうして幼なじみとしてそばにいたら、他の子よりは特別……かもしれない。

　でも、幼なじみを超えることがないから、それ以上を求めてしまったらおわり。

　だけど、好きになったら、そんなのそれ以上を求めちゃうに決まってる。

　だから、周りが思ってるよりも幼なじみって関係は複雑。

　他の誰よりも、いちばんそばにいて近いように感じて。

　でも、好きって気持ちを伝えるのは、他の誰よりも難しいんだって。

「陽依ちゃん？　どうしたの、大丈夫??」

「あっ……ごめんね！　ひとりでいろいろ考えちゃって」

　ずっと黙り込んじゃったから、幸花ちゃんが心配そうな顔をしてる。

「もしかして、今日もまた相沢くんのこと好きな女の子に
何か言われたりした？」

「あっ、ううんっ！」

　瑞月くんのことを好きだって、打ち明けているのは幸花
ちゃんだけ。

　だから、たくさん相談にも乗ってもらってる。

「あんまり周りのことは気にしちゃダメだよ？　他の子た
ちは妬んでるんだよ。陽依ちゃん可愛いから！　それで相
沢くんのそばにいられるのは幼なじみだから〜とかいろい
ろ難癖つけてくるのほんとやだよね！」

　幸花ちゃんは、いつもこうやって励ましてくれる。

「相沢くんも陽依ちゃんのことぜったい好きそうなのに〜」

「うぅ、そんなことないよ」

　チラッと隣を見れば、瑞月くんは机に伏せてスヤスヤお
休み中。

　よかった、今の会話とか聞かれてなくて。

「そんなことあるよ〜！　今度さ、薫くんに聞いてもらお
うよ〜。ってほら、噂をすれば薫くん来たし！」

「やっ、いいよいいよ!!」

　天木薫くん——幸花ちゃんの彼氏でもあり瑞月くんが
唯一、話をするクラスメイトでもあったり。

「薫くーん！　おはよっ！」

「幸花、おはよ。今日も可愛いね」

　朝からにこにこオーラ全開で、可愛い彼女の頭をよしよ
し撫でてる。

　天木くんも、瑞月くんに負けないくらいとってもかっこいい容姿の持ち主。

　少し暗めのブラウンのふわっとした髪に、笑った顔が優しくて、彼女である幸花ちゃんしか眼中にないくらい。

　性格もすごく穏やか。

　怒ってるところは滅多に見たことがないけど。

　幸花ちゃんに何かあったら話は変わってくるわけで。

　この前なんて、幸花ちゃんが他の男の子に呼び出されただけで、機嫌がとてつもなく悪くなったみたい。

　しかも、天木くんの怖いところは、にこにこの笑顔で隠しきれない黒いオーラを出すところ。

　おまけに「俺の可愛い幸花に手を出そうとする男は、この世から始末しなきゃね？」とか言うもんだから。

　もしかしたら女のわたしですらも、幸花ちゃんと仲良くしてるのいいふうに思われてないかも。

　幸花ちゃんは、天木くんはすごく優しくていつも守ってくれてかっこいいって言うけど。

　たぶん、それは幸花ちゃん限定。

　あと他の女の子たちには、優しさは見せるけど、上辺だけっていうか。

「あれ、瑞月は相変わらずもう寝てるの？」

「……」

　天木くんが瑞月くんの前の席に着くと。

「あ、陽依ちゃんもおはよ」

「お、おはよう！」

　瑞月くんに向いていた視線が今度はわたしに向いて、笑顔で挨拶してくれた。

　いつも、この4人で一緒にいることが多かったり。

　すると、寝ていた瑞月くんが急に顔をむくっと上げて、天木くんを見た。

「あれ、瑞月起きてたの。おはよう」

「……」

「なんか機嫌悪そうだね？」

「……薫のせいだけど」

「俺なにかしたかな？」

「"陽依ちゃん" とか馴れ馴れしすぎ。今すぐ撤回して」

「ははっ、今さらだね。ってか、それ耳にタコができるくらい聞いてるよ」

　瑞月くん拗ねた顔。天木くんにこにこ笑顔。

「せっかく仲良くしてるんだからいいでしょ？　瑞月ってほんとに心が狭い男だね」

「……薫に言われたくないんだけど」

　ふたりともいつもこんな感じだから、ほんとに仲がいいのか疑っちゃう。

「俺は心狭くないよ？　ただね、幸花に言い寄る男は全員抹殺するって思ってるくらいだよ？」

　わぁ、すごく怖いことを笑顔で言ってるよ。

　やっぱり天木くんって、幸花ちゃんが関わってくると闇が深そう。

「……ただの彼女バカだね」

「そういう瑞月は幼なじみに夢中になりすぎってところ？」

「……」

「都合が悪くなったら黙り込むの、わかりやすいね」

　どうやら、天木くんのほうが一枚うわて……なのかもしれない。

「陽依ちゃんも大変だね。こんな厄介なやつが幼なじみで」

「……薫ケンカ売ってんの」

　瑞月くんの不機嫌度がマックスなのか、天木くんのネクタイをグイッと引っ張っちゃってる。

「とりあえず落ち着きなよ。苦しいんだけど」

「……俺のひよに気安く話しかけないで」

　ふたりが言い合いしていたら、ホームルーム開始のチャイムが鳴った。

　すると、幸花ちゃんが耳打ちで。

「やっぱり、相沢くんは陽依ちゃんのことだいすきだよね。取られたくないって感じがすごく伝わってくるもん」

「そ、そうかな」

「うんうん。だから陽依ちゃんも、もっと自信持って攻めちゃっていいと思うよっ」

　きっと瑞月くんはわたしのことを、ただの幼なじみでしか見ていないだろうし。

　そんなことばっかり考えて、好きって伝えられないわたしは、どこまでも臆病だから。

「陽依ちゃん、ごめんね！　わたし体育委員で先に行かな

いといけなくて！」

「あっ、うん。大丈夫だよ！」

　3時間目の授業は体育。

　幸花ちゃんは早々に着替えを終わらせて、先に体育館に行ってしまった。

　残ったわたしは、ひとりで着替えをすませて。

　ちょっと時間があったから、ポニーテールにしてみた。

　せっかくアレンジしたから、授業のとき瑞月くんに見てもらえたらいいなぁと思いながら体育館へ。

　向かってる途中……。

「あっ、瑞月くんっ！」

　なんとラッキーなことに、体育館に向かってる瑞月くんを発見。

　天木くんも一緒だ。

　声をかけると、ふたりが振り返った。

　瑞月くんに会えたのがうれしくて、小走りで駆け寄っていったら。

　瑞月くんがギョッとした顔をして。

「えへへ、瑞月くんみてみて……うぎゃっ」

　ポニーテールをアピールしようとしたら、なんでか抱きしめられちゃった。

「はぁ……ひよバカなの？」

「へ……？」

　ええ、なんで!?

　おまけに天木くんに対して。

「……薫、今すぐ俺たちの前から消えて」

「相変わらず意味のわからないこと言うね」

「消えないならここから突き落とすよ」

「それは困るね。こんなところで瑞月に殺されるのは勘弁だよ」

　瑞月くんは、さっぱりよくわからないことを言ってるし、天木くんは動じることなく対応してるし。

「どうせ、陽依ちゃんが原因なんだろうけど。じゃあ、俺は先に行ってるから」

　はて、いったい何がどうして、こうなったんだろう？

「え、えと……瑞月く――」

「……こっちおいで」

　近くの空き教室に連れ込まれちゃった。

　瑞月くんの行動が、ぜんぶ予測不能すぎるよ！

　扉が閉まって、鍵がガチャッとかけられて。

　間近で瑞月くんの体温を感じて、いつもの香水の匂いがふわっとして心拍数は急上昇。

「あ、の……みつくん……っ？」

「……ひよが無防備な姿見せていいのは俺だけでしょ？」

「へ……？」

　む、無防備？　わたし今そんな変な格好してるかな？

　え、もしかしてポニーテールが無防備ってこと!?

「えっと、ポニーテールしてごめんなさい」

「……は？」

「瑞月くんに、ちょっとでも可愛いって思ってもらえたら

いいなって」

「……」

「だから、ポニーテールにしたんだけど、これが無防備なんて知らなくて……っ」

　すると、盛大なため息が降ってきた。

「……いや、ポニーテールは死ぬほど可愛いけど」

「っ……？」

「俺が言いたいのは——こっちの話」

　ちょっとだけ抱きしめる力をゆるめて、瑞月くんの目線がわたしの顔より少し下に落ちて。

　指先は、ちょうど鎖骨よりも下のほうをさしてる。

「……なんでキャミソール着てないの」

「キャミ、ソール……？」

　パッと目線を落としたけど、空き教室の中が薄暗いせいで視界に映るのは真っ白な体操服。

「……なか、透けてる」

「へ……っ」

「……しっかり色まで見えてんだけど」

「ふぇ!?」

　あれ、あれれ。

　そういえば、昨日の夜お風呂に入ってからキャミソール見つからなくて。

　朝ちゃんと着ればいいやと思って、そのままにしてたのすっかり忘れてた。

「……他の男が見てたらどーすんの」

「えっと、たぶん瑞月くんしか気づいてない……と思う」

「たぶんって。見たやついたら今すぐ消したいんだけど」

「だ、大丈夫だよ！　ほら、わたしそんなナイスバディじゃないし！」

　それに、瑞月くんに会うまで男の子に会ってないし、そんなに目立たないだろうし！

「はぁ……。なんでひよは危機感ないの」

「キキカン？」

「……男なんてさ、すぐ欲情するんだから」

「ひゃぁ……っ」

　いとも簡単に裾を捲り上げて、手が入り込んできた。

　なかに何も着てないせいで、お腹のあたりに空気が触れて、瑞月くんの大きな手がゆっくり撫でてくる。

「……ほら、こんな簡単にひよの身体に触れるんだから」

「うっ、や……っ」

「……どーすんの、これが俺以外の男だったら」

「や……だ……っ」

　瑞月くんでも、こんなふうに触れられるの恥ずかしいけど、他の男の子だったらぜったい嫌だもん。

「男は理性がちょっとでも崩れたら歯止めきかなくなるんだから」

　大きな手がスーッと上にあがってきたと思ったら、イジワルに耳に軽くキスまでしてくるの。

「み、みつくん……っ、服の中から手抜いて……っ」

　これじゃ、いろんなところ触られちゃう。

　触れられたところが、いちいち熱を持ち始めて心臓はドキドキバクバク、フル稼働。

「みつくんってばぁ……っ」

「あんまうるさいとひよの可愛い唇塞ぐよ」

　グッと──至近距離に瑞月くんのちょっと怒った顔。

　あぁ、ちょっとどころか、かなり怒ってるかも。

　唇が触れるまで、あと数センチ。

　真っ黒の綺麗な瞳につかまったまま。

「……無防備なことばっかしてると、本気で襲うよ」

　ときどき……瑞月くんは暴走すると、とんでもないことを言い出すの。

「……他の男のものにされるくらいなら、俺がひよのぜんぶ奪ってあげるから」

「だ、誰のものにもならない……よ」

　わたしの心は、いつだって瑞月くんのもの。

　ただ、瑞月くんの心が、わたしのものになってくれないだけ。

「可愛い陽依は俺の。死んでも他の男には渡さないから」

　ずるい独占欲。

　そうやって、わたしの心をうまくつかんで、ぜったい離してくれないの。

「この可愛い声もさ」

「……ひゃっ、ぅ」

　背中を指先で軽くツーッとなぞって。

　耳元で甘くて低い声が囁いてくるの。

「その可愛い顔も」

「っ、やぁ……」

　わざと声を出させるように、手の動きで焦らしてくる。

「……ぜんぶ、俺だけのもの」

　ちょっとどころか、だいぶ暴走気味の瑞月くん。

　こんなに近くにいるのに、幼なじみって関係なんて嘘みたい。

「俺以外の男を求めるのダメだよ」

「そんなこと、しないよ……っ」

　すると、服の中に入れていた手をスッと抜いて、再びわたしを抱きしめながら。

「……次、無防備な姿見せたら容赦しないよ」

　こうして結局、瑞月くんが着ていたジャージを着せられて体育の授業に参加。

　ジャージのサイズが合ってなくてブカブカ。

　なんか雪だるまみたい。

　それに、女の子たちの目っていうのは、常にしっかりいろんなことを見ていて。

　ごく一部の子たちからは、わたしが瑞月くんのジャージを着てるのが気に入らないって声も聞こえてくるし。

　そして、お決まりのトドメの「幼なじみだからに決まってるじゃん。そうじゃなきゃ、相手にされないでしょ」って、ひとこと。

　それを聞こえるような声の大きさで言ってくるから、女の子は怖い。

　幸花ちゃんは気にすることないよって声をかけてくれる
し、こうやって言われるのは慣れたといえば慣れたけど。
　まったく傷つかないわけでもなくて。
　周りの言うとおり、瑞月くんがわたしにかまうのは、幼
なじみだから。
　幼なじみは特別。
　このレッテルは——いつまでたってもはがれない。

瑞月くんとお泊まり。

　季節はようやく春の終わりを告げて、緑が生い茂ってきた５月の上旬。

「陽依〜聞いてよ！　今日ね、スーパーの福引で温泉旅行を当てちゃってね！」

　学校から帰ってきて早々、ハイテンションなお母さんからそんな報告。

「お母さん昔からクジ運いいじゃない!?　しかもね、これ４人まで行けちゃうのよ！」

　となると、間違いなく瑞月くんの両親と行くつもりだ。

「それでね、小夜ちゃんたちを誘ってみたの！　そしたらぜひ一緒に行こうって！」

「じゃあ、わたしと瑞月くんも行くの？」

「まさか〜！　だって平日だもの！」

　つまり、お留守番ってこと？

「だから〜ふたりには悪いけど、ママたち明後日から３日間、家を空けることになるから！」

「えぇ……っ!?　まってまって、わたし３日間もひとりなの!?」

　１日くらいだったら、なんとか乗り越えられそうだけど、３日間はさびしすぎるよ！

「あら、それは心配いらないでしょ？　瑞月くんと一緒にいればいいじゃない！」

　どうやら、もうだいぶ話が先に進んでいるらしく。

　さすがに、わたしをひとり残していくのは心配みたいで。

　そうなると瑞月くんの出番というわけで。

「瑞月くんの家に泊まってちょうだいね？」

「えぇ！　瑞月くんと３日間も一緒にいられるの!?」

「そうよ～。瑞月くんがだーいすきな陽依にとっては、うれしいことでしょ～？」

　３日間だけ、毎日瑞月くんと同じ家で過ごせるなんて、とってもうれしい！

「あ～、でもお父さんには内緒にしたほうがいいかしらね～。幸花ちゃんの家に泊まるってことにしておきましょ」

「どうしてお父さんには内緒なの？」

「まあ、娘を持つ父親として思うことや、心配することがいろいろあるのよ！」

　うーん……、いまいちよくわかんない。

　とりあえず、お父さんには内緒ということでルンルン気分で準備を進めて。

　迎えたお泊まり初日。

「えへへっ、瑞月くんとバイバイしなくていいのうれしいなぁ～」

　と、まあ……ハイテンションなわたしに対して、瑞月くんはといいますと。

「……はぁ、俺死ぬのかな」

　学校が終わって、必要なものを瑞月くんのお家に運んだ

のはいいけど。

　瑞月くんは、なぜか半分死にかけてます。

　ソファにグダーッと倒れ込んで、まるでこの世の終わり
みたいな。

「みーつくん！　なんでそんな元気なさそうなの！」

　寝転んでる瑞月くんの上にダイブしてみた。

「……いや、理性死ぬでしょ。何これ拷問？　半殺し？」

　わたしだけが楽しみで、瑞月くんはなんだか迷惑そう。

「はぁ……3日間もひよがずっとそばにいるとか無理……。
ぜったい変な気起こるし」

　さっきから、ため息ばっかり。

　わたしが上に乗ってるのに、それどころじゃないみたい。

「……ってか、ひよのお父さんは反対しなかったわけ？」

　瑞月くんまで、お父さんのこと気にしてる。

「お母さんが内緒にしておけばいいよって言ってたけど、
何かあるの？」

「いや……別にないけど」

　瑞月くんにしては珍しく目が泳いでるし、バツの悪そう
な顔してる。

「ねぇ……ひよ。いっこ約束して」

「ん？　いいよっ」

「ぜったい煽んないで」

「うん、わかったよ」

「……」

「……？」

「いや、わかってないじゃん。はぁ、俺が我慢するしかないってことね」

「瑞月くん何か我慢するの？」

「んー……。まあ、できる限りね。ただ、ひよが煽ったら容赦しないから」

　よくわかんないけど、煽らなきゃいいだけだもんね。

　ところで、煽るって何を煽るんだろう？

「……ただ、せっかくだから、ひよとたくさんたのしいことするのもいいかもね」

　あれ、あれれ。

　さっきまで死にそうとか言ってたのに、今はとてもイジワルそうに笑ってるんだけども。

　瑞月くんって、ほんとに何を考えてるのか謎ばっかり。

　晩ごはんを食べ終えて、ソファでくつろぐ時間。

　瑞月くんとの距離、お互いの肩が触れるか触れないかくらい。

「ねー……ひよ。太もも貸して」

「んえ？」

　スマホを触ってたら、突然瑞月くんが身体ごと近づいてきて、いきなりこっちに倒れてきた。

「く、くすぐったいよ、みつくん……っ」

「……ひよっていい太ももしてるね」

　ゴソゴソ動くから、瑞月くんの髪が肌に直接触れて、くすぐったい。

「やわらかくて俺好み」

「うぅ……瑞月くん変態みたいだよ」

「ひよ限定でね」

　うぬ……っ、いい感じに丸め込まれそう……っていうか、丸め込まれちゃう。

　"限定" なんて、特別感を出してくるから。

「他の子にはさ……こんなことしたくならないんだよね」

「や……っ、どこ触ってるの……っ」

「んー……？　ひよの感じやすいとこ」

「や……だっ……」

　太ももの内側を、大きな手がスッと撫でて、上から下にわずかに動く。

「外側より内側のほーがいいでしょ？」

「よく、ない……っ」

「口ではそう言うけどさ。身体は正直だから」

　愉しそうに手を動かして寝転んだまま。

　少しの抵抗として、身体をよじったら。

「……おとなしくしないともっとするよ」

　長い腕が腰に回って、お腹のあたりに顔を埋めて、もっと抱きついてくるの。

　甘えたがりで、危険な瑞月くん。

　ふたりっきりで、変なスイッチが入った瑞月くんは、幼なじみらしくないことをする。

　こんなの、付き合ってるカップルがすることだよ。

「うぅ、みつくん……っ」

「なーに、ひよちゃん」

　そんなわざとらしい呼び方して。

　パッと埋めていた顔を上げて、おきまりの片方の口角を
あげて怪しげに笑ってるの。

「あ、あんまり変なことしないで……っ」

「変なことって？」

「うぅ、わかってるでしょ……っ」

「ひよの身体が感じやすいってこと？」

「なっ……ぅ」

「……他にもあててあげよーか。ひよの気持ちいいところ」

　また、簡単に服の中に手を入れることを許しちゃうわた
しは、どこまでも学習能力がないの。

「み、みつくん……っ！」

　ちょっと度がすぎるって、これ以上はぜったいさせない
もんって、強気に入ってきた手を押さえる。

「手どけてよ。ひよに触りたいんだけど」

　甘い攻撃をうまくかわさないと、また瑞月くんの思いど
おりになっちゃう。

　そもそも、わたしに触りたいってどういうこと？

　だって、瑞月くんはわたしを好きじゃないし、幼なじみ
としてしか見てない。

　これは紛れもない事実で。

　なのに、こんな甘い触れ方をする瑞月くんは、どこまで
も策略的。

　瑞月くんは、わたしの気持ちを知ってる……？

　好きな男の子に触れられたら、ドキドキするし、心臓いっこじゃもたないの。

　それくらい、瑞月くんでいっぱい。

　でも、瑞月くんは……？

　何年一緒にいても、瑞月くんが好きな女の子すらもわかんない。

　もしかしたら、わたしが知らないだけで過去に彼女とかいたのかなって。

　いま考えなくていいことが、たくさん頭の中を支配し始めちゃってる。

「……ひよ？」

　ヤキモチ、不安、羨ましさ。

　今は、わたしが瑞月くんを独占してるけど、この先どうなるかなんて、予知能力とかないからわかんないよ。

　もし、彼女がいたなんて事実があったら、過去だとしてもその彼女になった子が羨ましく感じちゃう。

「……どーしたの。急にそんな不安そうな顔して」

　わたしの異変に気づいて、ピタッと動きを止めた。

　おまけに優しいモード発動で、身体を起こして包み込むように抱きしめてくれる。

「……そんなに俺に触れられるの嫌だった？」

　声には出さずに、首をフルフル横に振る。

　すると、瑞月くんの大きな手が後頭部に回って、優しく頭をポンポン撫でてくれる。

「ひよが不安そうな顔したら俺も不安になるよ」

「っ……」

　甘い瑞月くんも、危険な瑞月くんも、優しい瑞月くんも。

　——ぜんぶ好き。

　だからこそ瑞月くんの好きな子になれたら、どれだけ幸せだろうって。

「み、みつくん……、いっこ教えて」

「……なに？」

「瑞月くんは——好きな子いるの……？」

　聞くタイミングを間違えたかもしれない。

　自分で言っておいて、あまりに突拍子もないこと聞いちゃったなって。

　瑞月くんも、すぐに返事してくれない。

　抱きしめられてるから、どんな顔してるか見えない。

　さっきまでの甘い雰囲気から一変、シーンとなって黙り込んだまま。

　かと思えば、急にわたしを抱きしめるのをやめて。

「……いるよ、好きな子」

　真っ黒な瞳は揺るがない。

　表情もピクリとも崩れない。

　声のトーンも変わらない。

　真正面で、ちゃんと顔を見て伝えられたことは、何年も一緒にいて初めて知った事実。

　うそ、うそ……っ。瑞月くん好きな子いたの……？

　まさか「いる」って答えが返ってくるとは、思ってもいなくて。

　頭の中、サーッと真っ白。

　おまけに、トドメの一撃は——。

「……ひよだけには、ぜったい教えない」

　チャポンと音を立てて、顔半分より下は湯船に浸かって。

　あれから、タイミング悪くお風呂から音楽が流れてきて話は中断。

　頭の中は雪みたいに真っ白な状態で、自分がどうやってお風呂に来て、湯船に浸かったのかすら覚えてない。

　あのあと何を会話したのかも覚えてないくらい。

　それくらい瑞月くんに好きな子がいるっていう事実は、衝撃オブ衝撃、アンド大打撃。

　頭をゴーンッと殴られた気分だよ。

　今も、お風呂に浸かってどれくらい時間が経ったのかすらもわかんない。

　ただ、湯気が目の前でほわほわーんとしていて、身体が熱くてボーッとする。

　あぁ、もしかしたらのぼせる寸前かも。

　なんとか、意識が回ってお風呂から出て。

　でも、またそこから先の記憶がまっさらで。

「……ひよ?」

　リビングのソファで待ってる瑞月くんを発見。

　頭クラクラ、足元フラフラ。

　瑞月くんに好きな子がいるってわかっただけで、相当ショック。

　そのせいで、まともに今までどおりのことができなくなるなんて。

　頭の中も心の中も、空っぽになっちゃいそう。

　それくらい、わたしにとって瑞月くんは好きで、だいすきで仕方ないのに。

　ゆっくり瑞月くんがいるほうに歩いていったら、フラフラの足が絡んでしまって。

「きゃっ……」

　つまずいて、まるで漫画のワンシーンみたいに大きく腕を広げちゃって。

　目の前で驚く瑞月くんの顔が見えて。

「……はぁ、あぶな」

　そのまま瑞月くんの胸にダイブ。

　わたしを受け止めた瑞月くんの身体は、ソファのほうに倒れたおかげで、どちらもケガをしなくてすんだ。

「あっ、ぅ……ごめんね」

　むくっと顔を上げて、瑞月くんを見たら――表情が歪んでいた。

　おまけに、ため息をついて。

「いたっ」

　軽いデコピンをおでこに食らいまして。

「ねー、ひよ。俺、言ったよね。煽っちゃダメって」

「う、うん」

「んで、もう約束破ってんの？」

　部屋着の首元の部分をグイッと引っ張ってくる。

「……この格好、どう見たってアウト」

　着てるものは、オーバーサイズのスウェット。

　ダボッとしてるから、部屋着としてはゆるくて抜群に優れているんだけど。

　どうやら、これが瑞月くん的にアウトらしい。

「胸元……開きすぎ」

「へ……っ？」

「なか、見えそう。ってか、ほぼ見えてる」

「っ!?」

　あぁぁぁ、いけない。

　パッと目線を自分の胸元に落とせば、身体の重心が前にいってるせい。

　すぐに、自分の手で隠すようにスウェットをクシャッとつかむ。

「……あと、もういっこ」

「ひぇ……っ」

　背中にひんやり空気が触れたと同時、瑞月くんの手がスルリと侵入。

　え、えっ、なんで服の中に手入れるの……！

　さっきまで熱でボケッとしていたのに、今はしっかり意識が戻ってきた。

「……下着、どーしたの」

「ふぇ？」

　背中をツーッと指先でなぞられて、少しだけ考える。

　お風呂に入ってから、ここまでの記憶が曖昧すぎて思い

出せそうにない。

　えっと、えっと……服はちゃんと着てる。

　あれ、でもいま瑞月くん下着とか言ってた。

　すると、瑞月くんの指先がちょうど背中の真ん中でピタッと止まった。

「なんで何もつけてないの」

「な、何も……？」

「キャミソールはちゃんと着てるけど。なか、どーなってんの」

　この前、体育の授業のときにキャミソール着てなくてお叱りを受けたから。

　それから、ちゃんと着るように意識して。

　今日だって、たしか着たはず。

「……何も反応しないなら直接触るけど」

「えっ、あ、えと……」

　グルグルたくさん考えて。

　いつもとなんとなく違うことにハッと気づく。

　あっ……、やってしまった。

　いつもあるはずの、胸の締め付けがまったくないことに今さら気づいた。

　いくらお風呂あがりのせいでボーッとしてたとはいえ、なんてことを……！

　しかも、それを瑞月くんに指摘されるなんて。

　この前のキャミソール事件といい、今回といい、もうお嫁にいけないよぉ……。

「その様子だと気づいた？」

「う、ぁ……ぅ……」

「キャミソール着てるのはえらいけど。なか、何もつけて
ないのはダメだよね」

「うぅ……」

「つけ忘れたの？」

「き、聞かないで……っ！」

　今日はもう踏んだり蹴ったり。

　瑞月くんに好きな子いるのわかって大打撃を受けるし、
またしてもとんでもないこと指摘されちゃうし。

「……煽ったら容赦しないって言ったの忘れた？」

「よ、容赦って……」

「俺が満足するまで付き合ってもらおーか」

　危険だよ、とっても危険。

　瑞月くんがニッて笑うときは、とんでもないことを考え
てるとき。

「ひよが悪いんだよ。そんな誘うようなエロい格好してる
んだから」

「えっ、や……っ、誘ってなんか……っ」

「そっちはそーゆー気なくても、俺はもう我慢なんてしな
いよ。好きなようにするから」

　身体を起こして、お互いの距離がもっと近くなった。

　けど……わたしが瑞月くんの上に乗ってる状態は変わら
なくて。

「……教えてあげるよ。俺の前で、そんな無防備な格好し

たらどーなんのか」

　服の中の手、また抜いてくれない。

　唇が触れそうになるけど、触れない。

　至近距離で、黒の瞳がとらえて離してくれない。

「ひよが可愛い声出したら……ここに痕つけよーか」

　首筋のあたりに軽くキスしたあと。

「ひゃぁ……やっ」

　また、さっきみたいに背中を指先で上から下までツーッ
てなぞられて、腰のあたりが勝手にピクッと動く。

「可愛い声出たね。んじゃ、いっこめ」

　舌先で軽く舐めて、チュッと強く吸われて。

　今までされたことない感覚に、身体がうまくついていか
ない。

　そのあとも、刺激を与えるのをやめてくれない。

　服の中に入ってる手は、いろんなところに触れてきて。

　空いてる片方の手は太ももをなぞったり。

　全身が瑞月くんのせいでおかしくなってる。

「ほら、もっと声出して」

「あっ、や……っ」

　声を我慢しようとしたら、動きに緩急をつけて刺激を強
めたり弱めたり。

「……ひよの白い肌、真っ赤にしてくのたのしーね」

　甘ったるい声が漏れるたびに、瑞月くんが首筋を強く吸
うから。

「そんな……何回もされたら、痕が残っちゃう……っ」

「残すためにやってんの。ほら、もっと可愛い声聞かせて」

　瑞月くんは本気になったら手加減してくれない。

　自分のやりたい放題で、気がすむまで続けるつもり。

　ほんの少し前まで、瑞月くんに好きな子がいるって聞いてショックを受けてたのに。

　結局、こうやって甘いことされると、それを今だけぜんぶ忘れてしまいそうになる、どこまでも単純な自分。

「ねぇ、ひよ。そんなに痕つけられたいの？」

「う、ぁ……っ」

「どこ触っても声出るじゃん」

　力が入らなくて、瑞月くんのほうにグタッと倒れ込む。

「あれ、もう限界？」

「うぅ……みつくんイジワル……っ！」

「ひよは俺のだって痕、たくさんついたね」

　余裕そうで、愉しそうで。

　もっとする？って顔してる。

「……制服の上から見えるのは、いっこだけにしといてあげたから」

　いっこでも、つけちゃいけないものなのに、いくつ残したってことなの……っ！

　幼なじみらしくないことばっかりするから困る。

　わたしもわたしで、その場の甘い雰囲気に流されちゃうのがいけない。

　でも、どうしても拒むことができない。

　たぶん、わたしの最大の弱点は瑞月くん。

　これを克服しないと、まず瑞月くんを突き放すことなん
てできない。

　瑞月くんのそばにいたい──でも、そばにいても彼女に
なれないのやだ──矛盾が大量発生。

　そもそも瑞月くんも好きな子いるなら、わたしにこんな
ことするの間違ってる。

　胸の中がモヤモヤと、メラメラでいっぱい。

　モヤモヤしてるのは、瑞月くんに想われてる子が羨まし
くて、どんな子なのか気になっちゃうから。

　メラメラしてるのは、瑞月くんが好きな子いるのに、わ
たしにこんな彼女にするようなことをしてくるから、
ちょっと怒ってる。

　瑞月くんのせいで、感情は大忙し。

　すごく今さらだけど、わたしは瑞月くん離れができてな
いからダメなんだ。

　じゃあ……瑞月くんから離れることを選んだら？

　わたしだって、瑞月くん以外の好きな男の子を作るのは
ありなの？

　できるか、できないかはさておいて。

　幼なじみとしてでもいいから、瑞月くんの隣は譲らない
よって思ってた。

　でも、いつかその隣は瑞月くんの好きな子に奪われちゃ
うかもしれない。

　そんなこと考えたら、奪われる前にこっちが奪うか……
それとも諦めて逃げるか。

　逃げるなんて、わたしらしくないかもだけど。

　だって、瑞月くんを好きな気持ちは誰にも負けないって自信あるから。

　だけど、それがいつまでも一方通行なら意味ないね。

　ふと、ぼんやり……。

　他の男の子……周りに、もっと目を向けてもいいんじゃないかって。

　もし、わたしに彼氏ができたら、瑞月くんはどんな反応してくれる？

　そんなことが浮かんじゃう。

　でも、瑞月くんよりかっこよくて優しくて、魅力的な男の子はいないと思うくらい──惚れ込んじゃってる。

　でもね、もし……もしもだよ。

　瑞月くんと同じくらい……もしくは、もっと好きな男の子ができたら。

　初めてこんなこと考えた。

　いま、目の前にいる瑞月くんがぜったい手に入らないなら……彼氏を作っちゃえばいいって。

☆
　☆
☆
　　☆

第 2 章

とんでも王子様現る。

「えぇ!?　相沢くんのこと諦める!?」

「幸花ちゃん声が大きいよ！」

　お母さんたちが旅行から帰ってきて数日後。

「あ、あんなに一途(いちず)だった陽依ちゃんが諦めるなんて何かあったの!?」

「え、あっ、いや……えっと、まだ完全に諦めきれるかわかんないんだけど！」

　そもそも、瑞月くんしか眼中にないわたしが、瑞月くんを諦めるって選択肢(せんたくし)が今までになかった。

　……から、ぼやっと考えて先走る前に、幸花ちゃんに相談してみたら。

「相沢くんに何か気に入らないことされた？　もしそうなら、わたしから相沢くんに言ってあげるよ!!」

「やっ、ほんとに何もなくて！」

　ここで、瑞月くんに好きな子がいるのが発覚したことを話してみたら。

　幸花ちゃん、ポカーンとした顔をして。

「え、それが陽依ちゃんってことじゃないの？」

「いやいや！　だって、わたしにはぜったい教えないって」

「えぇ、相沢くんもイジワルだね〜。素直に陽依ちゃんだよって言えばいいのにっ」

「だ、だからわたしじゃないってばぁ……」

「薫くんは知らないのかなぁ〜。やっぱり薫くんに聞いて
みよ？」

「むりむりぃ……！」

　天木くんに瑞月くんの好きな人誰ですかなんて聞いて、
もしそれが瑞月くんにバレたら大変。

　わたしには、ぜったい教えないっていうくらいだし。

　相当知られたくない相手なのかもしれない。

「うーん。じゃあ、ほんとに相沢くんのこと諦めちゃうの？」

「で、できたら……」

「陽依ちゃんには難しそうだよ！」

「うっ、幸花ちゃん地味にストレートに言うね……」

　そりゃ、何年も同じ人に片想いを続けて、すぐに諦める
なんて無理に等しそう。

　好きになって、想い続けることは簡単だけど、嫌いにな
るとか諦めるってなると難しい。

「それにしても、相沢くんの好きな子って誰なの！　こん
なに可愛い陽依ちゃんがそばにいるのにさ！」

「うぅ〜そう言ってくれるの幸花ちゃんだけだよ〜」

「陽依ちゃん可愛くて男子からの人気もあるから！　ちょっ
と妬かせちゃえばいいんだよ〜！」

「んえ？」

「そうだよ、いつまでも陽依ちゃんがそばにいると思った
ら大間違いなんだよ〜！　ちょっとは焦ったらいいんだ
よ、困らせちゃいなよ！」

　あれ、あれれ。

　さっきまで諦めるの反対！みたいな感じだったのに!?

「あっ、もちろんね、相沢くんのこと諦めるのはダメだよ？
ただね、ちょっと仕掛けてみるのもありじゃないかなって。
当たり前のようにそばにいる陽依ちゃんが、急に離れたら
焦ると思うよって話！」

「な、なるほど」

　ということは、ちょっと駆け引き的なのをしちゃえばい
いってこと？

　だとしたら、やっぱり彼氏を作るとか好きな人できたと
か言ってみる？

　い一や……瑞月くん鋭いから「嘘でしょ」ってすぐ見抜
かれそう。

　おまけに、男の子の気配がわたしの周りになさすぎて。

　そんなすぐに瑞月くんレベルの王子様が現れるわけもな
いし。

　……と、思っていたのがお昼休みの話。

　そして、放課後。

　まさかというか、とんでもない事件発生。

「ほら、ここって誰にも邪魔されないとこだから」

「久城くんずるい……っ」

「い一じゃん、早くしよ」

「もう……っ」

　目の前というか、目線の先にイチャつき始めたカップル
に遭遇しまして。

あぁぁぁ、何がどうしてこうなったのですか。

いや、そもそもわたしが今どこにいて、どういう状況<ruby>状況<rt>じょうきょう</rt></ruby>なのか細かく説明しますと。

最後の授業で使った資料もろもろを、社会科資料室に片づけてほしいと先生に頼<ruby>頼<rt>たの</rt></ruby>まれて。

引き受けたのはいいけど、まず社会科資料室の場所がわからないことにしばらくして気づく間抜けさ。

瑞月くんや幸花ちゃんが、手伝おうかって声をかけてくれたのに、ひとりで大丈夫と言ったのが失敗。

校舎内をひたすらグルグル回って、ようやくたどり着くことができて。

あとは、あずかっていた資料をもとの場所に戻して帰れる！と思ったら、ここで事件が発生。

誰も入ってくるはずないのに、扉がガラガラ開く音が少し遠くからした。

わたしは入り口から少し離れた奥のほうで片づけをしていたので、誰が入ってきたかまでは確認できず。

先生がきたのかと思いきや。

なぜか、男女ふたりの声がするわけですよ。

いったい何事？と思って、本棚<ruby>本棚<rt>ほんだな</rt></ruby>からひょこっと覗いてみたら。

目の前に、キスしてる男女がいるではないですか。

「ん……っ、久城くん、もっと……っ」

「……いいよ」

いや、しかもすごく大人なキスをしてるっていうか、身

体めちゃくちゃ密着させて、とても見てられない……！

——と、現在に至るわけで。

今も目の前で繰り広げられるキスシーン。

ど、どどどうしよう……。

ここで見つかったら気まずいの極みだし、なんかこれだとわたしが覗き見してるみたいじゃん！

でも、先にいたのはわたしだし！

なんとかバレないように抜け出そうとしても、扉のほうに向かうには、このカップルの真横を通らなきゃいけないし……！

早くこのキスが終わって、出ていってくれたらいいのに。

しばらくおとなしくして、見つからないように隅っこにでもいようかなって。

移動したのがいけなかった。

「……んぎゃっ！」

はっ……しまった、大失態。

動いたら転びそうになって、声が出てしまった。

お、おわった、おわったよこれ。

ぜったいふたりに聞こえたって……！

その証拠に。

「え、いま誰かの声しなかった？」

どひい……！　女の人のほうに気づかれてしまったみたいで大ピンチ。

「んー……なんか可愛い声したよね」

男の人のそんな声が聞こえて。

　身を小さくして、その場にしゃがみ込んで。

　どうかバレませんように！って無駄に願い続けて。

「あれ、こんなところに女の子がいる」

「ひっ……！」

　アウト、アウト……。

　本棚のそばで隠れていたのに、あっさりバレてしまった。

　どうやら男の人のほうに見つかったみたいで、パッと顔
をあげると。

「……どーしたの、そんなおびえた顔しちゃって」

「ひぇっ……」

　クスクス笑ってる目の前の人は大げさかもしれないけ
ど、まるで王子様みたい。

　サラサラした明るい髪色に、ぱっちり綺麗な二重。

　ほんとに完璧っていうか、ベタな例えだけど白馬の王子
様みたい。

　ネクタイの色を見て、先輩——つまり、3年生だってこ
とがわかる。

　笑った顔は、ほんとに優しそうで、これは間違いなく女
の人にモテそうな容姿。

「……あれ、僕の顔に何かついてるかな？」

「ひゃっ……」

　ボーッと見惚れていたのがいけなかった。

　気づいたら、とっても綺麗で整った顔が、ほぼ目の前に
あった。

　しゃがみ込んで、わたしと同じ目線になってる。

　びっくりして、思わず顎をグッと引いて、目線をパッと
下に落としたら。

「……あれ、もしかして照れてるの？」

「っ、へ？」

　両頬を優しく包まれて顔をあげられる。

「……へぇ、すごく可愛いね。顔真っ赤」

「え、あっ……えっと」

「こんな純粋そうな反応してるのに、覗きなんてなかなか
いい趣味してるね？」

「えええっと、す、すみません見るつもりはなくて」

　すると、わたしの反応を見てクスクス笑いながら。

「偶然ここに居合わせちゃったんだ？」

「そ、そうです!!」

　どうやら、話がきちんとわかってくれる人みたいでよ
かった！

「そ、それでは、わたしはもうここに用はないので、あと
はおふたりで楽しんでください！」

　やっとこれで解放される！と思って、立ち上がったら。

「……まって」

　急に手をつかまれて、おまけに衝撃的なことに抱きしめ
られちゃって。

　甘い……ムスクの香りがする。

「今日はキミにしよっかな、相手してもらうの」

「へ……っ」

　なぜか抱きしめられたまま、頭をポンポン撫でられ

ちゃって。

　そのまま、今さっきまでキスしていた女の人に対して。

「ごめんね、なんか今日はキミの気分じゃなくなったから。また今度ね」

「え～、何それ久城くん気分屋すぎ～」

「僕が気分屋なのは、いつものことでしょ？」

「まあ、そうだけどぉ！」

「だからごめんね。今からこの子を可愛がることにしたから。また気が向いたときにね？」

「んー、もうほんとに扱いひどいんだから！　久城くんいつか女に恨まれて刺されても知らないから！」

「ははっ、たしかにそれはあるかもね」

　う、恨まれて刺されるって、なんか目の前で恐ろしい会話が繰り広げられてるんですけど！

　というか、なんでわたしはここから出られないの!?

　若干パニックになってる間に、女の人はプンプン怒りながら出ていっちゃったし！

　そして、なぜか王子様と残されてしまった。

「さて、ふたりっきりになれたね？」

「ひぇ、あの……っ」

「ん？　あれ、また顔が赤くなってるね、どうして？」

「やっ、その、距離が近いから……です」

　初めてかもしれない。

　瑞月くん以外の男の人に、こんな至近距離で見つめられて触れられるの。

「恥じらってる姿いいね。キミみたいなタイプ、あんまりいないから可愛がるのたのしそう」

　さっきからにこにこ笑ってるけど、距離は相変わらず近いし。

「……こっち来て、僕の相手してくれる？」

「あい、て……？」

　え、何されちゃうの？

　よくわからないまま、なぜか資料室を出ずに奥のほうへ。

「ここってさ、誰も来ないし邪魔されない場所だからいいんだよね」

「は、はぁ……」

「さあ、どーぞ。僕の隣に座って？」

　な、なんでこんなところにソファがあるの！

　本棚しかなくて気づかなかったけど、入り口からかなり奥に入ったところにテーブルと、そばにソファが置かれている。

「あ、そういえば自己紹介してなかったね。キミの名前も教えてほしいから、少しお話ししよっか」

　えと、さっきまでこの先輩ものすごく大人なキスしてたよね？

　それなのに急にお話ししようなんて、どういう気の変わりようですか！

「あれ、もしかしておびえてる？」

「うっ、えと……」

「大丈夫だよ。ほら、僕そんな悪そうな男に見える？」

　うーん……見た目は王子様で優しそうだけども。

「なかなか警戒心が強いんだね。ますます気になっちゃうなあ」

「へ……、きゃっ……」

　不意をつかれて、手をつかまれたまま先輩の隣にストンッと座らせられちゃった。

「はい、これで話ができるね」

「……っ、強引ですね」

「うん。僕は自分が欲しいと思ったものは、どんな手を使ってでも手に入れるからね」

　ん、んんん？　それはどういう意味??

「じゃあ、まずはキミの名前教えて？」

「え……」

「僕から名乗ったほうがいい？」

　昔から、よく瑞月くんに言われてること。

　知らない男の人に、ぜったいついていっちゃダメとか、ふたりっきりになっちゃダメとか、話をするとか触れさせるなとか。

「ひぇっ……、なんですか急に！」

「んー。だって、キミが上の空だから」

　相変わらず笑顔で、ソファについているわたしの手をギュッと握ってきた。

　こ、この先輩……笑顔でとても優しそうだけど、なんとなく危なそうな気がする。

「今は僕と一緒にいるんだから、僕のこと考えて興味持っ

てほしいなってね」

「わ、わかりました」

　なんだか、笑顔の奥で黒いものが見えたような気がして、言うこと聞いたほうがいいかなって。

「じゃあ、あらためて。僕は久城月希」

「ひさき、つき……先輩」

「で、キミの名前は？」

「綾瀬、陽依です」

「へぇ、名前まで可愛いんだね。漢字はどう書くの？」

「太陽の"陽"に、にんべんにころものやつ、です」

「それで"ひよな"って読むんだ？」

「そ、そうです」

「じゃあ、僕と陽依ちゃんは月と太陽かな？」

　いきなり何を言われるのかと思いきや。

「ほら、陽依ちゃんは名前に太陽の"陽"が入ってるでしょ？僕は月に希って書いて月希だから、"月"が入ってるねって」

「……」

「これって運命的だね」

「つ、月は間に合ってます」

「え？」

「わ、わたしには月がちゃんといるので！」

　瑞月くんだって、名前に月が入ってるもん。

　だって、お母さんたちから名前の由来を聞いて、太陽と月──つまり、わたしと瑞月くんはずっと一緒って。

　だから、わたしの中で瑞月くんが運命の相手！とか思っ

ていたのに。

　まさか、ここにきて、その運命を壊してくる人が現れる
なんて。

「ははっ、つまり僕じゃない月が、もうすでにいるってこ
とかな？」

「そ、そうです！」

「それはショックだなあ。自分で言ってみて、結構うまい
こと考えたなーって思ったんだけどね」

　先輩って、ぜったい女の子にモテるタイプだ。

　容姿からモテモテオーラ全開だから、わかってたことだ
けど。

　見た目は王子様みたいで、話すのもうまいし。

「まあ、仲良くお話しするのはここまでにしよっか？　早
く僕の相手してほしいな、陽依ちゃんに」

「あ、相手って何すればいいんですか？　話し相手ってこ
とじゃ……」

「ふっ、まさか。さっき僕が何してたか覗いてたじゃん」

「の、覗いてたわけじゃ」

「つまり、そーゆーことしよって誘ってるんだよ？」

　じわじわと距離を詰めて、わたしが身体を後ろにちょっ
と下げたら、先輩が前のめりで迫ってくる。

「そ、そーゆーこと……って」

「あれ、もしかしてわかんない？」

　にこっと笑って、なんでかわたしの唇を指でふにふにし
てくる。

「今から何するかわかる？」

「……？」

「んじゃ、目つぶろっか」

「こうですか？」

「え」

「え？」

　すんなり言うことを聞いたら、なんでか戸惑ってる声が聞こえる。

「ずいぶん従順だね。さっきまでの警戒心はどうしたの？」

「だって、先輩が言ったから」

「うん、そうだね。でもね陽依ちゃん、いま僕に食われそうになってるのわかる？」

　あれ、なんか変な言葉が聞こえてきた。

　パチッと目を開けたら、なぜかクスクス笑ってる先輩。

「く、食う……？　先輩はライオンですか」

「え？」

「お腹空いてるんですか？」

　先輩はポカーンと口を開けたまま。

　まさに、物珍しい何かを見てるような目で。

「ふっ……ますます気になっちゃうなあ。陽依ちゃんは天然ですか？」

「えっと、これは巻いてます」

「え？」

「髪のことですよね？」

「僕は性格のことを言ってるんだけどなあ」

「えと、えっと……」

　ええ、なんでかわからないけど、めちゃくちゃ笑われてる……！

「まあ、これから攻略していくしかないのかな？　陽依ちゃんって、他の女の子と反応が違うから新鮮だなあ」

「せ、先輩……っ、なんか近いです……っ！」

「今さら警戒心発動したところで、もう遅いよね」

　肩をポンッと軽く押されて、重心がそのまま後ろに倒れていく。

　先輩の腕がゆっくり背中に回って、ソファに沈んだわたしの身体をゆっくり抱きとめた。

「あ……の、これは……」

「見てわかんない？　押し倒されてるんだよ」

「な、なぜ押し倒されてるんでしょう」

「先に脱がしたほうがよかった？」

「ぬ、ぬが……!?」

　えっ、ちょっとまって！

　何するつもりなの!?

　慌てるわたしを差し置いて、リボンもほどいてブラウスのボタンも外されるし。

「あー……。陽依ちゃんって純粋そうに見えて、じつはそうでもなかったりする？」

「へ……っ」

「首のところ……紅い痕がたくさんついてるね。これ、誰がつけたの？　もしかして彼氏？」

「か、彼氏いない……です」

「じゃあ、こんなところに痕をつけさせる相手がいるってことだ？」

「うっ……そんないろいろ聞かないでください」

「気になっちゃうなあ。教えてくれないなら、この痕を僕がうわがきしてもいいんだよ？」

　まるで獲物(えもの)を狙(ねら)ってるオオカミみたい。

　さっきまでの優しい王子様みたいな先輩はいなくて、瞳がちょっと……ううん、だいぶ本気に見えてくる。

　覆(おお)い被(かぶ)さって、今にもガバッと襲いかかってきそう。

「ま、まってください……っ。こ、こんなこと、彼氏以外の人にされたくない、です……」

「でも、この痕を残したのは彼氏じゃないんでしょ？　それに、このネックレスもプレゼントしてもらったとか？」

「うぬ……っ」

　指摘してくるところが的確すぎて、返す言葉無し……。

「じゃあ、僕もいいじゃん？」

「よ、よくないです！　こ、これは好きな人……だから、許しちゃっただけです」

　ほんとは許してないけど。

　どうして瑞月くんが、こんな痕を残してきたのかもわかんないし。

「へぇ、陽依ちゃん好きな子いるんだ？」

「い、います……」

「じゃあ、陽依ちゃんが僕のこと好きになったら、何して

もいいってこと？」

「え、えっ??」

　いろいろと理解が追いつかないのは、わたしだけですか??

「久しぶりなんだよね、こんなに女の子に興味湧いたの。だから、陽依ちゃんのこと堕としてみたいなあってね」

　にこにこ笑いながら、とんでもない爆弾を落としてくるから。

「どうやったら僕のこと好きになってくれる？」

「やっ、えっと、話がかなり飛んでませんか！」

「うーん、そうかな。まあ、早く好きになってもらいたいし？」

「な、なんで好きになる前提なんですか！」

「えー。だって、僕が陽依ちゃんに興味あるんだから、陽依ちゃんにも同じように僕に興味持ってほしいなってね」

「こ、困ります……！」

「じゃあ、まずは陽依ちゃんの理想を教えて？」

　えぇぇ、澄ました顔して人の話とことんスルーするじゃん!!

　こっちが引いても、お構いなしで攻めてくる姿勢を崩さないし！

「いや、えっと……と、とりあえず、こんなふうにいきなり服を脱がそうとしてくる人は嫌です！」

　こんなこと言ったら、「僕に逆らうとかいい度胸してるね？」とか言われるかと思ったけど。

　ゆっくり身体を起こしてくれて。

　外したブラウスのボタンも閉じて、リボンもちゃんと結んでくれた。

「はい、陽依ちゃんの言うこと聞いてあげたよ」

「え、あっ、ありがとうございます」

　って、感謝するのおかしいじゃん！

　勝手に脱がされたのは、こっちなんだから！

「あとは、してほしいことある？」

「し、してほしいこと……。今すぐここから帰りたいです」

「わー、それは傷つくなあ。じゃあ、一緒に帰ってくれるってことでいい？」

「よ、よくないです。えと、幼なじみ……瑞月くんと帰る約束してるので！」

「へぇ……瑞月くんね。もしかして、その幼なじみクンが陽依ちゃんの好きな男の子？」

「うぬ……っ」

「図星だね。付き合ったりしないの？」

「し、しません。瑞月くんは、わたしのこと恋愛対象として見てない……ので」

　自分で言って、自分でパンチ食らった気分だよ。

「じゃあ、僕がその幼なじみの瑞月くんを超えたら、陽依ちゃんに何してもいいんだ？」

「せ、先輩には無理です」

「わあ、傷つくなあ。でもね、僕は無理って言われると逆に燃えちゃうタイプなんだよね」

　今さらだけど、この先輩、言ってることと表情が全然合ってないような気がするんだけど……！

　今もにこにこ笑いながら、なかなか怖いこと言ってるし！

「ってかさ、先輩呼びはやめよっか。せっかく名前教えたんだから、呼んでほしいなあ」

「せ、先輩は先輩です……！」

　引いても引いても、ガンガンに攻めてくるから、先輩の扱いがものすごく難しいんですけど！

　いや、というかわたしたち初対面なのに！

　なんでこんな距離が近いの！

「えー、つれないなあ。じゃあ、陽依ちゃんがこれから僕のこと月希って呼んでくれるなら、今日のところは帰っていいよ？」

「つ、月希先輩！」

「わー、そんなに早く帰りたいの？」

「はい！」

「ふっ、ほんとに面白い子だね。ますます気に入っちゃうなあ」

　どのへんを気に入っていただけたのか謎ですけど！

「んじゃ、今日のところは帰してあげるけど。これからもちゃんとそーやって呼ぶんだよ？」

　フッと笑いながら、最後に軽く頬にキスされた。

瑞月くんのヤキモチ。

「うぅ……うぬ……ぅ」

「ひ……よ」

「うぅぅ……っ」

「ひよ」

　はっ……。なんか瑞月くんの声がするような。

　パッと目を開けて、ベッドの真横を見れば。

「さっきからうなされてたけど」

「え、あ……」

　そこにいたのは、やっぱり瑞月くんで。

　いつもなら朝、わたしのほうが早く起きて瑞月くんを起こしに行くのに。

　最近現れた月希先輩のせいで、いろいろ考えちゃったから寝坊しちゃったじゃんか。

「……どーしたの。いつもなら俺のこと起こしにきてくれるのに」

　瑞月くんが心配してくれてる。

　優しい手つきで頭をよしよし撫でてくれるし。

「……ひよが寝坊するなんて珍しいじゃん」

「そ、そう……かな」

「ひよが起こしに来てくれないから、俺ひとりで起きたんだけど」

「え、あっ、ごめんね……っ！」

　ダメだ、ダメだ……！

　月希先輩のことなんか考えなきゃいいのに！

「……何かあった？」

「う、ううん。何もないよ！」

「……ほんとに？」

　ふわっと抱きしめられると、相変わらず柑橘系のさっぱりした香水の匂いがする。

　もし、瑞月くんが好きな子と両想いになったら……こうしてもらうこともできなくなるんだよね。

　あぁ、やだな……。またこうやって考えちゃう。

「ひーよなちゃん！　あのね、よかったら今から相沢くん誘って4人で食堂行かない？」

　ボーッとしていたら午前の授業が終わって、お昼休み。

　幸花ちゃんが天木くんと一緒にお昼に誘ってくれた。

「ごめんね、俺も一緒で。陽依ちゃんが幸花とふたりがよかったら俺は遠慮するから言ってね？」

　いやいや、天木くんこそ幸花ちゃんとふたりでお昼食べたいんじゃ。

「えぇ〜4人でいいよね!?　ほら、薫くん、そこで寝てる相沢くん誘って！」

「う、うん。わたしはいいけど……」

　チラッと隣を見れば、相変わらず授業中からずっと爆睡中の瑞月くん。

「俺が起こすと瑞月は機嫌悪くなるからね。陽依ちゃんが

声かけたほうがよさそうな気がするけど」

「いいの！　ほら、わたしは陽依ちゃんと先に食堂行って、席の確保してくるから！　ちゃんと相沢くん連れてきてね？」

　こうして、幸花ちゃんと先に食堂へ。

「うわぁ、やっぱりお昼は混んでるね！　４人がけのテーブル空いてるかなぁ」

　幸花ちゃんがキョロキョロ見渡して、わたしはその後についていってるんだけど。

　すれ違うほとんどの男の子が、みんな幸花ちゃんのこと見てる。

　聞こえてくるのは「可愛いよなぁ」とか、「あんな可愛い子、彼女にしたいよなぁ」とか。他にもいろいろ。

「さ、幸花ちゃん、すごいね。男の子みんなの視線が幸花ちゃんに釘付けになってるよ！」

「えぇ、そんなことないよ〜！　そっくりそのまま陽依ちゃんにお返しする！」

　いやいや、そんな。

　幸花ちゃんの可愛さは誰も文句言えないけど。

　わたしは、まあ……平凡というか、フツーを極めてるからね。

　運よくテーブルが空いていたので、瑞月くんと天木くんが来るのを待つことに。

「さてさて、陽依ちゃん！」

「は、はい！」

　真正面に座った幸花ちゃんが、食い気味に興味津々って顔をして。

「最近何かあったでしょ！」

「へ!?」

「ため息ついてること多いし、上の空っていうか、ボーッとしてるもん！」

「うぇぇ、そうかな」

「そうだよ！　ほら、さっさと吐いてラクになっちゃいなよ、お嬢さん！」

　たまに、幸花ちゃんのキャラがつかめなくなるときがあるよ。

「い、いや……別にそんな大したことはないんだけど。なんか変な先輩に絡まれちゃって」

　月希先輩とのことを話してみた。

　名前を出したら、幸花ちゃんは「あぁぁ、あの有名な久城先輩ね！」と、なぜか知ってるみたいだし。

　この前、放課後にあったことを簡単に話したら、幸花ちゃんは目をキラキラ輝かせながら。

「それは恋の大チャンスだよ、陽依ちゃん！」

　わたしの両手をパッと取って「これを逃しちゃダメだよ！」って言ってくるの。

「え、えっと、でもその先輩、他の人とキスしてたんだよ？」

「んんんー。たしかに、久城先輩は遊び相手にはもってこいって感じの人だからね！　ものすごく遊び人って噂だし！」

　詳しく聞いてみると、月希先輩はやっぱりものすごくモテるようで。

　ただ、特定の彼女は作らないみたいで、遊びなら誰でも相手をしてくれるそう。

　見た目はものすごく優しそうで、真面目そうな王子様だけど、裏ではものすごく遊んでるんだとか。

　気まぐれな性格みたいで、飽きたら簡単にポイッとされちゃうらしく。

「しかもね、久城先輩は自分から誘ったりしないんだって！いつも誘われて相手してるみたいな。だから、そんな久城先輩に気に入られるなんてすごいよ！！」

　えぇ……全然うれしくないよ！

　しかも、話を聞いてる限りだと、かなりのヤバい人っぽいし！

　遊びで、たくさんの女の子といろんなことするなんて、ありえないもん。

　わたしは遊ばれたくないし、そんなチャラチャラした王子様はお断りだよ。

「もういっそのこと、久城先輩を狙うとか！」

「ぶっ!!」

　口に含んだお水を噴き出しそうになった。

「なんて！　冗談だよ〜！　相沢くんだいすきの陽依ちゃんには無理かもしれないけど！　でも、いい機会だから興味持ってもいいと思うけどなぁ〜」

「わたしも他の人と一緒で遊びでからかわれて、飽きたら

ポイされるオチだよ！」

「えぇ、どうだろう〜。あわよくば相沢くんがヤキモチ焼いてくれたらいいのにねっ」

「あ、えっと、今の話は瑞月くんには内緒で……！」

　──って、言ったそばから。

「……誰に内緒って？」

　どひいぃぃ……こ、この声は……！！

「み、みみみつくん！」

　ウルトラスーパー級に不機嫌そうな瑞月くん登場。

　えっ、えっ、いつから聞いてた!?

「ははっ、陽依ちゃんそんな動揺してたら何かあったのかと思っちゃうよ。ね、瑞月？」

　天木くん隣で笑ってないで助けてよぉ……！

「……」

　瑞月くん無言でこわい顔してるし！

「あっ、ちなみに俺たちは今ここにきたところだから、ふたりの話は何も聞いてないからね？」

　あ、天木くんナイス、ナイスだよ……！

　聞かれてなかったならよかったぁ。

「えぇ〜、聞いててくれてよかったのに！」

「幸花ちゃん！」

「あはは、ごめんね！」

「もうっ」

　こうして4人揃ったから、ランチのメニューを注文して食べ始めたのはいいんだけど。

「瑞月ってほんと顔に出やすいね」

　天木くんがにこっと笑って、瑞月くんは仏頂面のまま。

　わたしは、ランチで頼んだオムライスを食べてるけど、正直落ち着かないよ！

　だって、さっきから瑞月くんものすごく機嫌悪いのが、オーラで伝わってくるもん！

「目で人殺しそうだよね」

「……薫は今すぐやられたいの？」

「わー、それは遠慮しておこうかな」

「……」

「瑞月の世界は陽依ちゃん中心で回ってるんだね。あんまり独占欲強いと嫌われるかもよ？」

「……ひよに嫌われたら死ぬ」

「うん、じゃあもうすぐ死ぬのかな？」

「なんで嫌われてる前提なわけ。ってか、薫に言われるの腹立つんだけど」

「まあまあ、落ち着きなよ。俺が言いたいのは、ほどほどにしておかないと、陽依ちゃんが嫌がるかもよって。陽依ちゃんの気持ちも考えてあげないとねって」

　ここまでだったら、天木くんものすごくいいこと言ってくれてる！と思ったんだけど。

「ほら、たとえば陽依ちゃんを狙ってる輩がいるかもしれないし？」

「ぶっ……!!」

　し、しまったぁぁぁ。

　またしても水を口に含むタイミングを間違えて噴き出しちゃったよ！

　チラッと天木くんを見たら、にこっと笑ってわたしを見てるし！

　も、もしかしてさっきの話聞いてなかったよって嘘なんじゃ!?

　ほんとは聞いてて、わざと揺さぶりをかけてきてるとか!?

「もしかしたら、瑞月以外の男が陽依ちゃんのこと気に入って誘惑してるかもね？」

　ちょ、ちょちょっ、ぜったい聞いてたよね!?

　慌てて天木くんを止めようとしたら。

「あれ、陽依ちゃんだ。こんなところで会えるなんて運命かな？」

　さらなる嵐が登場。

　後ろから聞こえた声に、恐る恐る振り返ってみたら。

「あれ、どーしたの。可愛い顔が台無しだよ？　せっかく会えたんだから、もっとうれしそうな顔してほしいなあ」

「ひぃっ、月希せんぱい……」

　な、なんでこんなところに……！

　瑞月くんが一緒のときに遭遇するなんて、運悪すぎないかな!?

「あっ、えらいね。ちゃんと下の名前で呼んでくれて」

　幸花ちゃんは目を輝かせて。

　天木くんも笑いながら、瑞月くんのほうをジーッと見て

るし。

　瑞月くんは……見られないです、見られません！

　だって、さっきから黒いオーラがメラメラ見えるもん……！

「今ここに一緒にいるのは、同じクラスの子かな？」

「そ、そうです」

　お願いだから早く立ち去って……！

　会話を広げようとしないで……！

「へぇ……」

　フッと怪しく笑って、月希先輩が瑞月くんを見た。

　ど、どどどうしよう。

　この前の放課後のこと何か言われたらまずい！

　お願いだから、何も言わないでって目線で訴えたら。

「仲が良さそうで羨ましいね。僕もここに入りたいけど、彼があまりにも怖い顔をしてるからやめておこうかな？」

　すると、少し離れたところから。

「久城く～ん！　もしかして今からお昼？　よかったら一緒に食べないっ？」

「あ～ずるい！　わたしも誘おうとしてたのに～！」

　何人か女の先輩がやってきて、あっという間に月希先輩の周りを囲った。

　ほらほら、さすがモテモテな白王子様。

　勝手に女の人が寄ってきてるじゃん。

　幸花ちゃんから聞いた話だと、自分から誘わなくても誘われたら乗るってタイプらしいから。

　どうせ「それじゃ、他の子が来たからまたね？」とか、おきまりの笑顔で両手に花で去っていくんだよ。

　まあ、わたしとしては都合がいいからそれで——。

「あー、ごめんね。僕さ、今ちょっと気になる子がいてね。その子を堕としたいから遊ぶのやめよーかなって」

　ん？　んんん？

　いや、なんでわたしのほうを見て言うのですか！

「えぇ〜何それ〜！　久城くんらしくないじゃんっ！　いつも誘ったら乗ってくれるのに！」

「そうだよ〜！　そんなにその子に本気なの〜？」

「まあね。でも、なかなか手強そうな子だから、これからどんどん攻めていこうかなってね」

　だからぁ、なんでわたしを見て言うのですか！

「そーゆーわけで、しばらく遊ぶつもりもないから、相手してほしかったら他あたってね」

　女の先輩たちは、あんまり納得してなさそうだったけど、「その子に飽きたらまた相手してねっ♡」なんて去っていっちゃうし。

　ここのテーブルの空気、めちゃくちゃ気まずいんですけど……！

「あの、久城先輩？　いっこ聞いてもいいですかっ？」

　ひぃぃぃ、幸花ちゃん何を聞くつもり!?

「もう女遊びはやめたんですか？」

「んー、そうだね。最近すごく気になってる子がいるから」

「なるほど！　じゃあ、その子を振り向かせるために頑張

るってことですね！」

「そうだね」

　もうふたりとも話さなくていいよぉ……。

　ここから逃げたいよ、テーブルの下に隠れたいよ。

「じゃあ、今日のところはこれで。またね、陽依ちゃん？」

「う……はい……」

「それと、幼なじみクンもね」

「……」

　波乱のお昼休みが終わり、午後の授業もすべて終わった放課後。

　月希先輩が去っていってから瑞月くんは、ひたすら無言。

　ただ、機嫌悪くて怒ってるのはたしか。

　午後の授業は、さぼってるし。

　放課後になった今も瑞月くんの姿は見当たらない。

　いつもなら一緒に帰るのに、今日はそれすらも嫌ってことなのかな。

　これは機嫌をもとに戻すのが難しそう。

「はぁ……」

「陽依ちゃんも大変だね。瑞月みたいな厄介な幼なじみ扱うの」

「うぇっ、天木くん……!?」

　ボケッとしてたら、机の横に天木くんの姿あり。

「ははっ、そんなに驚く？　気になる？　瑞月がどこにいるのか」

「気になる……けど」

「昼休みからあからさまに機嫌悪かったもんね」

「うっ……やっぱり怒ってるのかな」

「んー。まあ、陽依ちゃんに対して怒ってるわけではなさそうだけど」

「え？」

「たぶん嫉妬だろうね。瑞月がどこでさぼってるか見当（けんとう）ついたからさっき様子見に行ったけど。ひとことも喋んないし、顔死んでるし殺意がメラメラしてたよ」

「えぇ……っ」

　ほらぁ、やっぱりご機嫌斜め（なな）……。

　これは斜めどころか一直線かも。

「陽依ちゃんに近づく男がいるからだろうね」

「近づく男……」

「ほら、お昼休みの先輩。あの人、学校内では結構有名だから瑞月も焦ってるかもしれないね。陽依ちゃんを取られちゃうんじゃないかって」

「そんな焦ったりしない……よ」

「どうして？」

「天木くんは知ってるかもしれないけど……。瑞月くん、好きな子いるみたいだから」

「それは瑞月から聞いたの？」

「うん」

「そっか。じつは俺、瑞月の好きな子は知らないんだよね」

　瑞月くんが唯一、仲良くしてるといってもいいくらいの

天木くんでも知らないなんて。

「まあ、大体察しはつくけど」

「えぇ、そうなの!?」

「陽依ちゃんは、瑞月のこと幼なじみとして見てないでしょ?」

「うっ……」

「ふたりともわかりやすいからね。きっと、瑞月も陽依ちゃんを幼なじみとして見てないと思うよ」

「そ、それはどう、かな……」

　じゃあ、どうして好きな子を隠すの?

　もし、もしだよ、わたしのことが好きなら伝えてくれたらいいのに。

「だって、アイツ陽依ちゃんいなくなったら死ぬと思うよ?」

「そんな大げさな……!」

「いーや、もし陽依ちゃんに彼氏でもできたら、頭おかしくなって狂っちゃうよ」

　なかなかすごいことを、にこにこ笑いながら言ってる。

「瑞月には陽依ちゃんが必要不可欠なんだよ。きっと他の男に渡したくない存在なんだろうね」

　そんな言葉で簡単に浮かれないよ。

　だって、他人からそう見えても、じっさいわたしたちの関係をいちばん知ってるのは、当たり前だけどわたしたち。

「幼なじみでいる期間が長すぎるせいもあって、うまく気持ち伝えられないのかもね。もちろん、俺はふたりの関係

を深くは知らないから、とやかく言うのは違うかもだけど」

「……」

「まあ、俺から言えることは、今の瑞月の機嫌を取り戻せるのは陽依ちゃんだけだよってこと。俺じゃ、どうしようもできないから頼むね」

　そう言って、天木くんは教室を出ていった。

　しばらくして、わたしも帰ろうかと思ったら。

　教室の扉が開いて、瑞月くんが戻ってきた。

　何か話しかけたほうがいいかなって、頭をフル回転させるけど。

「……ひよ。帰ろ」

　なんとびっくり。

　瑞月くんのほうから声をかけてくれた。

　お昼休みからひとことも喋ってなくて、今ようやく顔を合わせたけど。

　瑞月くんはわかりやすいときと、わかりにくいときの差が激しいの。

　今はとてもわかりにくい。

　声はいつものトーンだし。

　表情はポーカーフェイスで、まったく読めそうにないし。

「……ひよ？」

「え、あっ、帰る準備するね！」

　どんなテンションで接したらいいのか、わからないまま。

　学校を出て、何か話すかと思いきや無言が続くし。

　でも、瑞月くんのずるいところは。

「……ひよの手、熱っぽいね」

「み、みつくんが冷たいんだよ」

　何も言わずに、さりげなく手を握ってくるところ。

　あっという間に家に着いてしまった。

　いつもならここでバイバイだけど。

「っ……」

　手を握ったまま、いっこうに離してくれない。

　かと思えば──。

「……俺の部屋、来て」

　返事をする隙もなくて、気づいたら家の中に連れ込まれ
て……バタンッと部屋の扉が閉まったと同時。

「やっと……ひよとふたりになれた」

　なんの前触れもなく、後ろから抱きしめられた。

　行動が予測不能。

　ほいほいついていっちゃうわたしも単純。

「み、みつくん、怒ってない……の？」

「……逆に聞くけど怒ってないように見える？」

　それはつまり怒ってるってことですよね。

　ほんとにつかみにくいよ、瑞月くんって。

「うぅ、怒らないで……っ」

「やだ。ひよが悪いんだよ。俺いま嫉妬でおかしくなりそ
うだよ、どーしてくれんの」

「やっ……みつくん……っ」

　容赦ない甘い攻撃。

　後ろから抱きついたまま、首筋に何度もキスを落として。

　器用な手は、後ろからなのにブラウスのボタンを外して。

　胸元が少しはだけて、遠慮なく制服の中に手を滑り込ませてくる。

「ひよに触れていいのは俺だけじゃないの」

「やだ……ぁ、そんな触らないで……っ」

　瑞月くんの甘い刺激は危険な毒みたいなの。

　触れられたところがジンッと熱くなって、心臓はバクバクフル稼働。

「そんな可愛い声、死んでも他の男に聞かせたくない」

「ぅ……ぁ……」

「ひよの可愛い顔も、可愛い声も──ぜんぶ俺だけが知ってればいいのに」

　肌を撫でる手は止まってくれなくて、首筋に落ちてくるキスもやめてくれない。

　極め付きは──。

「俺のこと見てよ、陽依」

　瑞月くんが本気のときは、"ひよ"って呼ばない。

　身体をくるっと回されて、向き合うかたち。

　今の自分がどれだけ乱れて、瑞月くんの瞳に映ってるかなんて、気にしてる余裕は全然なくて。

「……他の男に譲る気とかないから」

「どう、して……？」

「……俺がひよのこと手放したくないのは、ひよがいちばんわかってんじゃないの？」

　わかんないよ、そんなの。

　手放したくないと思うのは、どういう対象だから？

　幼なじみ？　恋愛対象？

　前者だったら、幼なじみにそんな感情を抱くのはおかしい話で。

　後者だったら、どうして好きって2文字をくれないのって話で。

　わたしも矛盾が多いけど、瑞月くんも矛盾だらけだよ。

　モヤモヤがさらに膨れていくばかり。

「昼休みの男……あれなんなの。ひよもなんで俺以外の男とたのしそーにしてんの」

　たぶん、月希先輩のこと……だ。

「……俺だけのひよじゃないの？」

　わたしだって、瑞月くんだけのものでいたいよ。

　でも、瑞月くんだって、何も言わずにそうやって独占欲だけ出してくるのずるいよ。

　ちょっとずつ、思ってることが積み重なって、それが言葉として出てきそうで。

「……ひよが俺から離れてくなんて考えられないんだけど」

　わたしだってそうだよ。

　何年もずっと、幼なじみ以上になれないのもどかしいよ。

「み、みつくんは……」

　今まで口にしたことなかった言葉が。

「ただの幼なじみでしょ……？　そこまで言う権利ないじゃん……っ」

　——こぼれた。

　返ってくる言葉を聞きたくない。

　きっと、「そーだね。所詮ただの幼なじみだしね」って返ってくる確率のほうが何倍も高いから。

　ここで不安そうな顔して泣きたくないし、どう言葉をつないだらいいのかも頭が回らない。

　でも、ふと……幸花ちゃんに言われたことが、頭の中をよぎった。

　瑞月くん以外の男の子を見るのもありかもって。

　いつまでも、わたしが幼なじみとしてそばにいると思ったら大間違いだよって。

　少しは瑞月くんが焦ってくれたらいいのに……なんて浅はかな考え……だったけど。

「わ、わたし彼氏作ることにするから……！」

　こうなったら強行突破。

　勝手にすればって言われたら、ヤケになって勝手にするつもり。

　きっと、こんなこと言っても、瑞月くんはなんとも思わない——はずだったのに。

「……ダメだよ。ひよは俺のだから」

　目の前に映る瑞月くんの顔は、とても不満そう。

「ダメとか……瑞月くんにはカンケーないじゃん……！」

　ちょっと強めに言い返してみたら。

「……あるよ。俺がひよを他の男に渡したくないんだから」

「い、意味わかんない……！」

「ってか、なんでいきなり彼氏作るとか言うわけ」

「だ、だから瑞月くんにはカンケーな——」

「それ以上言ったら本気で口塞ぐよ」

　だって、事実じゃん……カンケーないの。

「それともなに、昼間のあの男に惚れたの？」

「そ、そんなことないよ……っ」

「んじゃ、なんであんな親しそうなわけ」

「月希先輩は、よくわかんないけど絡んでくるの」

「ちゃっかり下の名前で呼んでんじゃん」

「だ、だって呼ばないとダメって言われたから」

「はぁ……なんで俺のいないところで他の男に誘惑されてんの」

「さ、されてないよ」

「しかも彼氏作るとか……。ひよは彼氏が欲しいわけ？」

　そうじゃなくて。

　正確に言えば、瑞月くんが彼氏になって欲しいわけで。

　でも、それは無理ってわかってることだし。

「ほ、欲しいよ彼氏」

「んじゃ、俺がひよの彼氏でいーじゃん」

「うん」

「じゃあ、ひよは俺の彼女ね」

「うん」

　うん……？　んん??

　あれ、なんか今ものすごいさらっと会話が進んだけど、なんて言ってた？

「付き合うんだから、俺以外の男に可愛いとこ見せるの禁止ね」

「つ、付き合う……？　誰と誰が？」

「俺とひよが」

　え、えっ??　わたしと瑞月くんが付き合う??

「うぇっ!?　わ、わたしたち付き合うの!?」

　ちょ、ちょっと待ってよ、えっ？

　展開が急すぎるし、予想もしてなくて理解が追いつかないよ、置いてけぼりだよ！

「……そーだよ。だって、ひよが彼氏欲しいって言うから」

「やっ、だ、だからってそんな簡単に決めていいことなの？」

「いーことでしょ。俺はひよを手放したくないし、ひよは彼氏欲しいわけだし」

「……」

「どっちも都合いーじゃん」

　そ、そりゃそうだけど。

　でも、こんなにあっさり付き合うみたいな流れになるのは想定外すぎるというか！

「ひよが彼氏できたときのための練習だと思って、俺のこと相手してよ」

「れ、練習？」

　つまり、付き合うのは仮ってこと？

「……付き合ったらいろいろするでしょ」

「いろいろ……？」

「……今すぐされたい？」

「へ……っ」

　さっきまでの不機嫌そうな瑞月くんはどこへ？

　今はとっても怪しく笑っているんだけど！

「……仮でも付き合うことになるんだから、俺は我慢しないよ」

「ま、まままって！　わたしまだ付き合うって言ってないよ……っ」

「……いーじゃん。俺じゃ不満？」

　不満どころか、本音を言うならうれしいけど！

　でも、こんな軽いノリで、しかも仮で付き合うなんていいのかなぁ。

「俺は陽依がいいから誘ってんのに。陽依は俺じゃダメなの？」

　今日の瑞月くんは、やけにストレートに攻めてくる。

　こんなにグイグイこられたら、やだなんて言えない。

「だ、ダメじゃない……よ」

「じゃあ、俺とひよは今から幼なじみじゃないから」

「う、うん……」

　まさか、こんなかたちで瑞月くんと付き合うことになるなんて。

　まあ、仮だけど。

「たくさん可愛がって、俺しか考えられないようにしてあげるから」

　どうしちゃったの瑞月くん。

　そんな甘い言葉ズラズラ並べて。

　おかげで心臓がキュンキュンを超えて、ギュンギュンしてるよ。
「……付き合うんだから、何してもいいよね」
　今まで見たことがないくらい、とっても生き生きした顔をして。
「幼なじみだからって、今までは我慢してたけど」
「……っ？」
「これからは我慢しないよ。ひよが俺のこと欲しがってくれるまで攻めるから」
　耳元で甘く囁いて。
「たくさん甘いことするから覚悟して」

瑞月くんが仮彼氏。

　瑞月くんが仮彼氏になって３日ほどが過ぎたんだけど。

「みつくん、朝だよ起きて！」

「ん……無理。ひよもっときて」

「へ、うわっ……っ」

　朝いつもどおり起こしに行ったら、寝ぼけた瑞月くんが大暴走する毎日。

「みつ、くん……！　わたしまでベッドの中に巻き込まないで……っ！」

「……ひよを抱きしめてから起きんの」

「もう……っ」

「ほら、ひよも俺にギュッてして」

「っ……」

　ひとつのベッドの上でイケナイコトしてる気分。

　わたしもわたしで、瑞月くんには言い返せないし言うこと聞いちゃうから。

「もっと抱きついて」

「こ、これ以上は無理だよ……っ！」

　瑞月くんの大きな背中に腕を回して、同じようにギュッてしたのに。

「ってかさ、俺こっちのほうが好きかも」

　腕をグイッと引かれて、力に逆らえずに身体が瑞月くんの上に。

「……いい眺め。ひよが俺のこと襲ってるみたい」

「んなっ、瑞月くんがこうしたのに……っ」

　自分の腕で身体を支えて、真下にはイジワルそうに笑ってる瑞月くん。

「しかもさ、この体勢だといろいろ際どいよね」

　フッと笑って、わたしの首元……というか、ブラウスの襟元を指で軽く引っ張ってくる。

「……なか、見えそーで見えないの」

「ぅ、やっ……見ないで……っ」

　瑞月くんに言われたとおり、ブラウスのボタンはひとつしか開けてないし、スカートだって長めにしたつもり。

「……なんで？　見たっていーじゃん。俺ひよの彼氏なんだから」

　ドキドキドドン。

　心臓の音がおかしくて、おまけに彼氏って単語に異常に胸がキュンとしちゃう。

「……せっかくだから、もっと見せて」

　リボンがシュルッとほどかれて。

　ブラウスのボタンが外されていくのが見える。

「……かーわい。顔真っ赤にして恥ずかしいの？」

「は、恥ずかしいよ……っ」

　クスクス笑って、さっきまで眠そうにしてた瑞月くんは、どこにいっちゃったの？

「……ネックレスさ、ブラウスに隠れてんのもったいないよね」

「隠さないと校則違反で指導されちゃうよ」

「どうせなら俺みたいにピアスにする？」

「ピアス痛そうだから、やだ」

　聞いた話だと、めちゃくちゃ痛いんだとか。

　耳たぶを冷やして、ピアッサーとかいうやつであけるらしいけど。

「……どーかな。俺がやってあげよっか」

「み、みつくんは痛かった？」

「んー……あんま覚えてない」

「えぇ」

　勝手な偏見だけど、瑞月くんって痛みをあんまり感じなさそう。

「……まあ、ひよが怖いなら無理にはしたくないけど」

　でもね、瑞月くんがやってくれたら痛くないんじゃないかと思っちゃう。

「……とりあえず今は痕だけでいっか」

「あと？」

「ちょっと薄くなってるし。もっかいつけるから」

「きゃっ……」

　あっという間に体勢逆転。

　瑞月くんがわたしを組み敷いた。

「ひよは上に乗るより下のほうがいい？」

「そ、そんなこと聞かれても……っ」

「んじゃ、どっちもありってことにしとく？」

「う……っ」

「まあ、ひよの身体に負担少ないほうがいいね」

　朝からこんなに攻められたら、心臓がバクバクでもたないよぉ……！

「……ひよは俺のだって、ちゃんと痕残しておかないとね」

　舌でツーッと首筋を軽く舐めて。

　チュッと吸われた音と、少しチクッとする痛み。

　瑞月くんの唇が首筋に触れてるって感じると、グーンと体温が急上昇。

　くすぐったくて、なんでかわからないけど身体がゾワゾワして。

　瑞月くんに触れられると、いつもそう。

　身体が知らない反応をするから。

「ぅ、みつ……くん」

「ん？」

「くすぐったい……っ」

「感じてるんじゃなくて？」

　首筋に埋めてた顔をパッとあげて、熱っぽい瞳で見下ろしてくる。

「ひよの身体って感度いいよね」

「へ……っ」

「こーやって触ると可愛い声出んの」

「あ、やっ……」

　スカートの中に手が入ってきて。

　慣れた手つきで撫でてくるから。

　外側から内側まで、ゆっくり焦らすような手つき。

「あと、どこ触ったら声出るかためしてみる？」

「っ……」

　うまく声が出せなくて、首をフルフル横に振る。

「……嫌がってるけど身体は素直だから」

「ひゃぁ……っ」

「ほら、かわいー声出た」

　片方の口角をあげて、唇を舌でペロッと舐めてるのがものすごくセクシーで。

「……せっかくだから、ここにも痕残していい？」

　指先が首元からスッと落ちて、キャミソールの中に滑り込んできて。

「やっ、どこ触ってるの……っ」

「口にしていーの？」

「だ、ダメだけど……っ」

「キャミソールのせいでよく見えない」

　よく、見えない？

　え、えっ、何を見るつもりなの……！

　キャミソールの肩紐がスルッとずらされて。

「……エロいね」

「ぅ……やだぁ……っ」

「やだじゃないでしょ。あと少しおとなしくして」

　また、瑞月くんが顔を埋めて。

　さっき首筋にしたみたいに、胸元にも同じようにチクッと痕を残して。

「……やわらか」

「うぅ……っ」

　とっても恥ずかしいところに瑞月くんの唇が触れて、ぜったい今わたし顔真っ赤になってる……っ。

「……この痕。俺以外見れないね」

「み、見せれないよぉ……っ」

「いーんだよ、俺だけで」

　お風呂入るたびに鏡(かがみ)を見たら、いちいち思い出しちゃいそう。

「お願いだから、もう起きて……っ」

「あと少しひよのこと可愛がったらね」

　制服は乱れたまま。

　今度は、おでことか、まぶたとか、頬とか。

　何回もキスしてくるの。

　唇のほぼ真横とかにも。

「……はぁ、全然足りない」

「も、もうダメ……っ！　遅刻(ちこく)しちゃう……！」

　いい加減止めないと、ほんとにまずいような気がする。

　なんとか瑞月くんをベッドから起こして。

　わたしは制服をちゃんと着直して、ふたりで学校へ。

　迎えたお昼休み。

　今日は瑞月くん幸花ちゃん天木くんと４人で屋上でお昼を食べることになったんだけど。

「みつくん……！　そんな真横から抱きつかれたらお弁当食べれないよぉ……」

「……俺はひよにくっついてないと死ぬの」

「うぅ、幸花ちゃんと天木くんも見てるのに……！」

「空気だと思えばいーじゃん。今ここには俺とひよしかいないってことにすれば」

　瑞月くんの暴走は、学校でも止まらなくて。

　教科書忘れたとか言って、近づいてきて授業中にみんなに見えないように手つないでくるし。

　休み時間は、いつも寝てるのに隙があれば抱きついてくるし。

　おかげで授業はまったく集中できないし、クラスのみんなからの視線は痛いし！

「瑞月は相変わらず気持ち悪いくらい、陽依ちゃんにぞっこんだね」

「……薫に言われたくないんだけど。ってか、その陽依ちゃんって呼び方どーにかして」

「まだそんな心狭いこと言ってるの？　俺は幸花しか見てないのに」

「俺以外の男が、馴れ馴れしくひよのこと呼ぶのが気に入らないだけ」

「それが心狭いんでしょ。ほんとこんなの扱える陽依ちゃんを尊敬するよ」

　澄ました顔して、さらっと毒を吐いてる天木くん。

　すると、すぐさま幸花ちゃんが。

「薫くん！　こんなのなんて失礼だよ！　相沢くんは陽依ちゃんにしか懐かない変わり者なんだから！」

　あはは……フォローしてくれたのかと思いきや、さすが天然ちゃん。

　フォローしきれてない部分あるよ。

「まあ、幸花の言うとおりだね。陽依ちゃん大変じゃない？こうも瑞月がベッタリだと」

「う、うん……ちょっと大変──」

「じゃないでしょ。ひよもよろこんでるし」

「瑞月の頭の中いっかい覗いてみたいよね」

「何それ」

「陽依ちゃんのことしか考えてないだろうねって」

「そーでしょ。俺の世界は、ひよで回ってるし」

「頭までだいぶやられちゃってるんだね」

「薫は今すぐここから突き落とされたいの？」

「ははっ、ここ結構高さあるから勘弁かな」

　ひいぃぃ……ふたりともなんでバチバチ言い合いしてるの！

　わたしが、ふたりを止めに入ろうとしたら。

「あっ、陽依ちゃんみてみて〜！　お弁当にタコさんウインナー入れたんだ〜！」

　なんともマイペースな幸花ちゃん。

　ふたりの様子をあまり気にしてないのか、ひとりで楽しそうにお弁当食べ始めてるし!!

「ほら、薫くんも！　わたしが作ってきたお弁当一緒に食べよ？」

「そうだね。瑞月と言い合いしてる場合じゃないね。せっ

かく幸花がお弁当作ってきてくれたから食べよっか」

　おそるべし天然パワー。

　幸花ちゃんだいすきな天木くんは、すぐさま切り替えて
ふたりで仲良さそうにお弁当タイム。

「み、瑞月くんもお昼食べよ？」

「ひよのこと食べたい」

「うんうん、じゃあ食べ……えぇ!?」

「食べていーんだ？」

「わっ、ちょっ……みつくん！」

　結局、お弁当を食べる時間がそんなになくて。

　お昼休み時間ギリギリまでベッタリ。

　おまけに幸花ちゃんからは「ふたりとも相変わらずラブ
ラブだね〜。羨ましいよ〜。お熱いね！」とか冷やかされ
ちゃうし。

　天木くんは、「瑞月の最大の弱点って陽依ちゃんだよね。
何かあったら陽依ちゃんを出しに使わせてもらおうか
な？」なんて、笑顔で怖いこと言うし。

　結局、午後の授業、瑞月くんはスヤスヤお昼寝タイム。

　そのおかげで、やっと授業に集中できて。

　迎えた放課後。

「ねぇねぇ、陽依ちゃんさ、せっかくだから相沢くんと放
課後デートしてきなよ！」

「んえ？」

　いちおう、幸花ちゃんには仮で付き合ってるって伝えて
あるんだけど。

　なんか本気で付き合ってるって勘違いしてないかな!?
「ふたりとも家が隣だから、デートとかあんまりしてない
でしょ？　だからしてきたらいいのにって！」
「え、いや……えっと」
「ねっ、相沢くん！　陽依ちゃんがデートしたいって！
せっかくだからいいよね？」
　隣でつまんなさそうにしてる瑞月くんに話しかける幸花
ちゃん。
「……ひよがしたいならいーよ」
　てっきり早く家に帰ろうとか言われると思ったのに。
「ほらほら！　まだ時間たくさんあるし、駅のほうにお店
たくさんあるから行っておいでよ〜！」
　……と、提案されて。
　急きょ、瑞月くんと放課後デートをすることに。
　どこに行くとか何も決めてないから、とりあえず駅構内
を歩こうかなぁと思っていたら。
「わぁ、このお店可愛いのある！」
　最近、駅のほうに全然来ていなくて、お店がガラリと変
わっていた。
　テンションがバーンと上がって、瑞月くんの手を引いて
お店の中へ。
「みてみて、みつくん！　この部屋着可愛くないかなぁ？」
　店頭に飾ってあった、ピンクをベースに可愛いひつじが
たくさんデザインされてるもの。
「あっ、でもちょっと子どもっぽいかな」

　パッと瑞月くんを見たら、スンッとした顔をしてる。

　はっ、しまった。

　ついつい、幸花ちゃんとショッピングに来てるテンションで話しかけちゃったけど。

　周りをキョロキョロしたら、あきらかにお店のフェミニンな雰囲気に瑞月くんが合ってなくて浮いてる!!

「……ひよが着たら可愛いんじゃない?」

　瑞月くんが嫌そうだったら、すぐに出ようかと思ったけど一緒に見てくれるし、なんなら他のも手に取ってるし。

「ほら、これとかひよに似合いそう」

　周りから見たら、わたしたち付き合ってるように見えたりするのかな?

「そちら可愛いですよね〜!　よかったら試着してくださいね〜?」

　可愛い雰囲気の店員さんが話しかけてくれた。

「あ、ありがとうございます……!」

「今だと2点以上ご購入いただいたら割引やってるので、よかったらぜひ〜!」

「わぁ、そうなんですね!」

「よろしければ、中まで見ていってくださいね?　新作もたくさん入ってるので〜!」

　ど、どうしよう。

　さすがに、瑞月くんもずっといるのは嫌だよね。

　中にも可愛いものありそうで、見たいなぁと思うけど、また今度幸花ちゃん誘って来ようかなぁ。

「……いーじゃん、中も見れば」

「えっ、いいの！」

「ひよが見たそうな顔してるから」

「うっ、そんな顔に出てるかな？」

　ということで、もう少しだけここのお店を見ることになったんだけど。

　ここで想定外すぎる事件発生。

「う、う……あ、ななな何これ……！！」

　さらに中に入ると目が飛び出そうになって、一瞬でここを出なきゃって！

　店員さんが、にこにこ笑いながら「よかったら部屋着と一緒に可愛いの買ってみませんか～？」なんて言われて。

　目の前の光景にピシッと固まって。

　こ、これは、瑞月くんと……というか、男の子と入っちゃいけないお店だ……！

　ザーッと並んでる、ピンクとか白とか……レースとかリボンとか……。

　大人っぽいのもあったりとか……。

　てっきり部屋着だけ売ってるお店だと思ったのに！

「ひよ動揺しすぎ」

「み、みみみつくんは落ち着きすぎだよ！」

　なんでこの状況で動じないの!?

　フツーの男子高校生は、こんなところから早く出たいと思うものじゃないの!?

　瑞月くんが特殊なの!?

「逆に俺が動揺してたら店から追い出されるでしょ」

「うっ、そうかもだけど……！　やっぱり早くここ出ようよ……！」

「……なんで。いーじゃん、せっかくだから見ていけば」

「いやいや、瑞月くんと一緒なんて無理だよ……！」

　放課後デートみたい♡とか浮かれてた数分前の自分を殴りたいよ！

　もっと、オシャレなカフェとか入ればよかったのに！

「瑞月くんぜったい外で待ってたほうがいいよ……！」

「は、なんで。いーじゃん。俺好みのやつ、ひよにつけてほしいし？」

「んなっ!!」

　な、なんで愉しそうなの!?

「真っ白とかいいね」

「み、みつくんの好みは聞いてなぁい！」

「だって、ひよキャミソール着るの忘れることあるから、あんま派手な色はダメでしょ」

　うっ、そこ冷静に分析しないで……！

　プシューッと音を立てて思考停止しそうだし、顔がドバーッと熱くなってくるし！

「ってか、なんでひよのほうが落ち着きないの」

「やっ、瑞月くんが落ち着きすぎなの……！　なんで雰囲気に馴染んじゃってるの……！」

　こういうお店来たことあるんじゃないかってレベルなんだけど……！

「別に馴染んでないけど」

「うぅ……もう出ようよぉ……」

　グイグイ瑞月くんを引っ張って出ようとしたのに。

「彼氏さん優しいですね～。ほら、男性ってこういうお店入るの抵抗あるじゃないですか～？」

　ガーン、店員さんにつかまったし……！

「彼女さんとっても可愛らしい方なので、淡い色とか似合いそうですよね～！」

　うぅ、会話広げないで……！

「よろしければサイズ測りましょうか～？」

　しまいには。

「いえ、大丈夫です。知ってるんで」

「っ!?」

　あれから耐えきれなくなって、ひとりでお店を飛び出して、遅れて瑞月くんが追いかけてきた。

「ひーよ。なんで怒ってんの」

「な、なんで瑞月くんが……っ！」

「ひよの胸のサイズ知ってるかって？」

「わあああ、もう口にしないで……っ!!」

　なんで、なんともなさそうな顔で言うの、こっちは顔から火が出そうだよ……!!

「慌てすぎ。別にいーじゃん、知ってても」

「よ、よくない！　なんで知ってるの……！」

「んー……。抱きしめた感じでわかるでしょ」

「わかんないわかんない！」

　そんな特殊能力発揮しなくていいし……！

　もう恥ずかしくて瑞月くんの顔見れないし、今すぐどこかに隠れたいくらいだよ！

「ひよの身体のことなら俺なんでも知ってるよ」

「っ!?」

「どこ触ったら可愛い声出るとか、どこが弱いとか——ぜんぶ知ってるから」

「うぅ、ばかぁ……！」

　瑞月くんの胸元を軽くパンチしてみる。

　でも、それは全然効果なくて。

　瑞月くんの片手で簡単に阻止されちゃう。

「……ほんとひよは可愛いね。これあげるから俺の前で着てよ」

「へ……っ」

　空いてる片方の手に、瑞月くんに似合わない淡いピンク色の紙袋。

　あれ、あれれ？　さっきまでこんなの持ってたっけ!?

「こ、これどうしたの？」

「さっきの店で買った」

「うぇぇぇ!?」

「そんな驚く？」

　逆に、驚かない人いたら連れてきてほしいよ！

「え、えっ、まさか……」

　さっきのお店ってキャミソールとか、下着とか買ってき

たんじゃ……!?

「ふっ……何買ってきたと思ってんの?」

「だ、だだってぇ……!」

「ひよに似合うと思った部屋着、買っただけなのに」

「へや、ぎ……?」

「他のも買えばよかった?」

「よ、よくないです!」

　わたしがお店を飛び出したあとに買ったのかな?

「俺だけの前で着てね」

「うぅ……えと、ありがとう」

　せっかくプレゼントしてくれたわけだし、ちゃんとお礼は言わないとだけど。

　いったい、中にはどんなものが入ってるの?

「どーいたしまして。ほんとはキャミソールも買おうか迷ったけどね」

「なななっ、間に合ってます……!」

　瑞月くんの暴走具合が、だいぶすごいことになっちゃってるよ……!

　そして、その日の夜。

　プレゼントしてくれた部屋着を見たんだけど。

「うぅぅぅ、なんでこんな可愛いの買うのぉ……っ!」

　パーカーに短いズボンのセットかなって、開けてみたら違ってた。

　部屋着なのに、なぜか肩が思いっきり出るオフショルダーで、ちょっと丈が短いワンピースタイプ。

　色は薄いピンクで、胸元には真っ赤なリボンが結ばれていて。

　いちおう真っ白の薄手の羽織りもあるけど。

　どこの可愛いお嬢様が着るんですかっていう……。

　こんな可愛いの着れないよぉ……と思いながら。

　まさか、数日後。

　これを瑞月くんの前で着ることになるなんて。

瑞月くんの本気は甘すぎる。

「ねー、ひよ。今日泊まりにきて」

「へ……？」

　いつもどおり瑞月くんと帰って、ちょうど家の前でバイバイする寸前。

　まさかのお誘い。

　あれ、今日ってお母さんたち旅行だっけ？

「小夜さんたち、いないの？」

「そう。なんか泊まりでどっか行ってるから」

「えっと、でも、わたしのお母さんとお父さんは今日家にいるんだけど……」

「うん。だから、今からひよの家に行って、ひよのお母さんに許可もらいに行く」

「えぇ!?」

　何もかもが突然すぎない!?

　それなら、学校で言ってくれたらよかったのに！

　そして、瑞月くんがわたしの家にあがることになり、お母さんと話してみたら。

「あらっ、別にいいわよ〜？　そんなわざわざかしこまって言わなくていいのに〜！」と、あっさりオーケー。

「たしか、小夜ちゃんたち今日はお家に帰ってこないのよね〜？」

「そうですね」

「わたしは全然いいんだけど……。お父さんにはうまく言っておくわね？」

「すみません」

「いいのよ～！　だって、陽依も瑞月くんと一緒にいたいでしょ？　だったら、お母さんは反対しないわよ～！」

　前にお母さんたちと、小夜さんたちが旅行するってなったときも。

　たしか、お父さんには内緒とかなんとか。

　瑞月くんとわたしのお父さんの間に、何かあったりするのかな？

　深く考えすぎかなぁ。

「とりあえず、陽依いい？　お父さんには泊まったこと内緒にしてね？　いちおう前と同じで幸花ちゃんの家に泊まるって言うから！」

「う、うん」

　こうして、急きょお泊まりが決まり……。

　お父さんが帰ってくる前に、荷物をまとめて瑞月くんの家へ。

　リビングに通してもらってから。

「えっと、なんでわたしのお父さんには泊まってること内緒なの？」

　なんとなく気になったから聞いてみた。

　でも、瑞月くんは答えたくなさそう。

「内緒にしないとダメだから」

「ええ、よくわかんないよ」

「ひよは知らなくていいの。ってか、ちゃんとこの前買っ
てあげた部屋着持ってきた？」

　うまいこと誤魔化されちゃった。

「も、持ってきたけど……！　あんな可愛いのわたしには
似合わないよ……！」

「なんで。ひよだから似合うと思って買ったのに」

「無理だよぉ……！　あれは可愛い子が着たら似合うデザ
インのものだから！」

「何言ってんの、ひよ可愛いからいーじゃん」

「うぅ……」

「俺だけの前で見せてよ」

　そんなねだるような瞳で見られたら、やだって言えなく
なっちゃう。

　もともと瑞月くんには弱いから、なんでもホイホイ言う
こと聞いちゃうけど。

「ひーよ。いつまで隠れてるつもり？」

「無理無理……！」

「何が無理なの。早くこっちきてよ」

　晩ごはんを食べて、お風呂から出た今。

　瑞月くんにもらったやつを着たんだけど、想像以上に似
合ってなさすぎて！

　それに、羽織りを家に忘れてきちゃったし！

　リビングになかなか入れなくて、扉から顔をひょこっと
出してるだけ。

「瑞月くんがいるから無理……っ！」

「何それ。あーあ、ひよのせいで俺すごく傷ついたよ、どーしてくれんの」

　そ、そんなこと言われても！

「可愛いひよがなぐさめてくれないなら、もう一生口きかないよ」

「えぇっ」

　拗ねモード発動。

　こうなれば、瑞月くんのご機嫌を取り戻すには、わたしが折れるしかないわけで。

「ひよが相手してくれないなら、他の子のとこいってもいーんだ？」

　しまいには、こんなこと言うし。

　拗ねてる瑞月くんは、いつもより何倍も子どもっぽい。

「うぅ、そんなこと言わないで……っ」

　この格好を見られたくないし、恥ずかしいよ。

　でも、それよりも口をきいてもらえないの嫌だし、他の子のとこにいっちゃうなんて、もっと嫌。

　ゆっくり、ソファのほうに近づいて。

　座ってる瑞月くんに、後ろからギュッと抱きついた。

「……なーに」

「ちゃ、ちゃんとそばにきたよ」

「後ろからじゃなくて正面からきてよ」

　首筋に回していた腕をスルッと外されて、瑞月くんが首だけくるっとこっちに向けた。

「正面だと、この格好見られちゃうから……っ」
「俺は見たくて仕方ないんだけど」
「ぜ、ぜったい幻滅するよ……っ」
「するかしないか、俺が判断するから見せて」
　ついに耐えきれなくなったのか。
「へっ、うわっ……！」
　強引に脇の下に手を入れられて、簡単に抱っこされちゃって。
「ん、これでよく見えるね」
　身体はソファを飛び越えて、あっという間に瑞月くんの上に。
「へぇ、可愛いじゃん。肩出てんのいいね」
「なっ、あ……う……」
「……あと、胸元の赤いリボンってなんかエロいね。ほどきたくなる」
「み、見ないで……っ」
「隠すのダメだって。俺だけにもっと見せて」
　真っ黒の瞳がジッと見つめて、とらえて離さない。
　そのせいで、心臓の音がドンドン響いて耳元にまで聞こえてくる。
　細くて綺麗な指先が、ゆっくり肩のあたりに触れて。
「ひゃっ、やだ……っ」
　身体がピクッと反応して、少しの抵抗として下を向こうとしたら。
　阻止するために軽く顎をクイッとされて。

「俺から目そらしたらキスするよ」

　瞳が本気……。

　キスなんて、されるの意識してなかった。

　だって、キスは気持ちが通じ合ってる人たちがするって。

　中には、気持ちがなくてもできる人たちもいるって、聞いたことあるけれど。

　少なくとも、わたしは前者がいい。

　キスするなら、好きな人と……瑞月くんがいいよ。

　でも、それは気持ちが通じ合ってなきゃ意味ないの。

「ほ、ほんとにする……の？」

「ひよが目そらしたらね」

「み、みつくんは……好きでもない子に、キスできちゃうの……っ？」

「ひよだからしたいって言ったら？」

　意味わかんない……っ。

　また、いつものように答えを濁されちゃう。

「……ひよはしたくない？」

「っ……」

「俺は……したいよ」

　唇をふにふに触って、この距離だったらあっという間にできちゃいそう。

　でも、指で触れるだけでしてこない。

「……もっとひよに触れたいし、可愛い声聞かせてほしい」

「ま、まって……。そんなところ触らないで……っ」

　ワンピースの裾が軽く捲られて。

「やっぱこれにしてよかったかも」

「へ……っ」

「……ほら、簡単に手入んの」

「やぁ……っ」

　もっと裾が捲られたら、ほぼ下着が見えちゃう……っ。

　中に入ってきた手は、お腹のあたりを優しく撫でて、どんどん上にあがってくる。

「……ちゃんと俺のこと見てないと口塞ぐよ」

「ぅ、やっ……」

　瑞月くんの瞳をちゃんと見ようとするのに、それをさせないように。

「ひゃぁ……っ」

　もう片方の空いてる手が、下のほうで動いて太もものあたりを無遠慮になぞってくる。

「……いい声出たね。ここがいーの？」

「ぅ……ち、ちがう……っ」

「じゃあ、こっち？」

「っ……ぅ」

　やめてって言いたいのに、それよりも変な甘ったるい声が出てくるせいで、うまく声にならない。

「……あと、ひよは耳も弱いもんね」

「同時にしないで……っ」

　どこの刺激もやめてくれなくて、緩急をつけてくるから、それにも耐えられなくて……。

「ほんと可愛いね。もっと可愛がってあげたくなる」

「やっ、なんで触るの……っ」

「彼氏が彼女の身体に触るのに理由いる？」

「うっ……」

「俺ひよの彼氏だからいーじゃん」

　ずるいよ、ずるい。

　こんなときだけ、彼氏って言ってくるの。

「……可愛い彼女に、こういうことしたいって思うのダメなの？」

「っ……」

「ひよにしかしないのに」

　まんまと瑞月くんの胸キュンマジックにかかって、ころっと堕ちそうになる単純さ。

「それに……俺けっこーエグいこと考えてんの」

「エグい、こと……？」

「ひよの可愛いとこ見たくて、いろんなことしたくなるってやつ」

　また、甘い刺激が強くなって。

　瑞月くんの肩に手を置いて、ギュッと目をつぶって、ハッとした。

「あー……目そらしたね」

「い、今のは……っ」

　すぐにパッと目を開けて再び合わせるけど、きっと許してくれない。

「さっき言ったこと覚えてる？」

「うっ……」

「キスしていーんだ？」

「い、今のは、みつくんがわざと強くしたから……っ」

「何を強くしたの？」

「そ、それは……っ」

　やっぱり瑞月くんには敵わない。

　ぜったいに勝てっこない。

「そらしたのは、ひよでしょ？」

　うまいこと誘うように、唇を指先でなぞってくる。

「キス、していい？」

　ダメって言わなきゃ、ぜったい抜け出せなくなって後悔する。

　わたしばっかりが好きで、瑞月くんは同じ気持ちを返してくれない。

　だから、キスなんかされたら、もっと欲しくなって瑞月くんでいっぱいになっちゃう。

　グルグル思考が精いっぱい回転。

　正常な理性がまだちゃんと残っていて、拒否しないとダメって、突き放さなきゃって。

　なのに、ずるい瑞月くんは、さらに揺さぶってくるの。

「……ひよが嫌ならしないよ」

　わたしに選択肢を与えるのも、またずるい作戦。

　おまけに、理性的じゃない自分もいるせいで、このまま甘さに流されちゃえばいいじゃん……って、思ってるのもあって。

　もしかしたら、これも瑞月くんの計算通り……なのかも。

　極め付きは。

「……しよ、陽依」

　あっけなく──ストンッと堕ちた。

　たぶん、抵抗しようと思えばできたくらい、唇が触れる
までゆっくりだった。

　……のに、抵抗しなかった。

「ん……っ」

　一度触れただけなのに、今までに感じたことないくらい、
触れたところがジンッと熱い。

　少しの間、ただ触れてるだけ。

　思わずギュッと目をつぶると。

「……ひよ、もっと力抜いて」

　瑞月くんが唇を軽く動かして、まるで唇ごと食べようと
してるみたいで。

「んぅ……ぁ……っ」

　息が苦しくなってきて、ちょっと唇をずらしたら。

　逃がさないように、うまく塞がれて。

「みつ、く……んっ」

「……ほんと可愛いね。もっとしよ」

「んんっ……」

　タガが外れたみたいに、全然止まらない。

　最初は触れるだけのキスだったのに。

　少しずつ動きをつけて。

「……口あけて」

　言われるがまま、少しだけ口をあけたら。

　わずかに唇が離れて、スッと冷たい空気が口の中に入ってくる。

　ちょっと止まってくれたかと思ったのに。

「……その顔たまんない」

「ふぇ……んっ……」

「そのまま口あけてて」

「っ、ん」

　息を吸えたのは一度だけ。

　またグッと押しつけられる唇。

　熱がジンッと広がって。

「はぁ……っぅ」

　ほぼ無意識。

　酸素を求めて口をあけたままにしてたけど、瑞月くんが塞いでくるから全然吸えなくて。

　だから、ゆっくり閉じようとしたら。

「……閉じんなら、もっと息できないキスするよ」

　気づいた瑞月くんが、すぐさまわたしの下唇に親指を添えて口をあけさせたままにするの。

「ほら……ひよもこたえて」

　舌がスルッと入ってきて、うまく絡めとってくる。

「っ、……ふぁ……んっ」

　気がおかしくなりそう、頭の芯からぜんぶ溶けちゃいそう……っ。

　キスがこんなに気持ちいいなんて知らない。

　どんどん甘い熱に溺れそうで、ずっと触れていたいって

思うのはおかしなこと。

「はぁ……っ、やば……。気持ちよすぎ」

「ぅ、ぁ……みつ、くん……っ」

「もっと、ひよの甘い唇ほしくなる」

　閉じていた目を開けたら、余裕さと理性を失ってるような瑞月くんが映って。

「ひよも俺のこと欲しがって」

「んんっ……」

　頭がクラクラ。

　あぁ、もうたぶん限界……ボーッとしてきた。

　甘すぎてついていけない……。

　意識がグラッと堕ちそうになる瞬間——。

「好きだよ……陽依」

　何かが聞こえた気がしたけど。

　まぶたが重くなって、完全に堕ちた。

　目元に少し明るい日差しと。

　頬をふにふに触れられてる感覚と。

　唇に感じる昨日と同じ感触。

　眠っていた意識が徐々に戻ってきて、パチッと目を開けたら。

「んんっ……ぅ？」

　ほぼ目の前に瑞月くんの整った顔。

　……だけだったら、そんなにびっくりしないんだけど。

　え、えっ……？　あれ、これってキスされてる……？

　眠っていたせいで頭が働かなくて。

　でも、目の前にいる瑞月くんはキスに夢中で。

　あれ、あれれ。わたし今たしか寝てたんじゃ……？

「んんぅ、みつ、くん……っ」

　さすがに息が苦しくなって、迫ってくる瑞月くんの胸を
ポカポカ叩いてみたら。

　わたしが起きたことに、ようやく気づいたのか。

「……おはよ、ひよ」

「へ……っ」

　ひとことだけ言って、またキスをやめてくれない。

「ちょっ、み、みつく……んんっ」

「……寝顔可愛すぎて我慢できない」

　こ、これってもしかして、寝てる間もキスしてたってこ
と……!?

　ゆ、油断も隙もない……！

　キスされたまま、ようやく目がしっかり覚めてきて周り
をキョロキョロ。

　どうやら、ここは瑞月くんの部屋のベッド。

　昨日キスされてからの記憶がないってことは、途中で意
識が飛んだ可能性が高いかも。

「み、つくん……ってばぁ……！」

「ん、なに。もっとキスさせて」

「んんっ、ダメだよ……っ」

　寝起きから心臓に悪すぎるし、瑞月くんの暴走が前より
ひどくなりすぎて！

「止まってくれないと、もうキスしちゃダメ……っ！」

　いい加減止めないと、ほんとに窒息しそう……！

　朝からこんな刺激強いの耐えられないよ……！

「……ダメとか言われたら死ぬよ」

「そ、そんなこと言っちゃダメだよ！」

「さっきからひよダメばっかじゃん。何ならいーの？」

「うぅ、そういうことじゃなくて！」

　一度キスを許したら、瑞月くんのタガはぜんぶ外れてしまったみたいで。

　学校に行くまで隙があれば、いつでもチュッて軽いキスしてくるし。

　家を出る前だって。

「ひよ」

「ん……っ」

　扉に手をかける前に、キスの嵐がすごくて。

　学校ではぜったいしないでって言ったせいか、家を出る前ならたくさんしていいとか解釈されちゃって。

「もう……っ、遅刻しちゃう……っ」

「……いーよ。俺はもっとひよにキスしたいから」

　外に出たいのに、キスばっかりするから全然出られない。

　おかげでホームルームは滑り込み。

　心臓はドキドキバクバクだし、唇に残る感触と熱は全然消えないし。

　まさか、キスを許しただけで、こんなに攻めてくるなんて想像もしてなくて。

　それから毎日、瑞月くんはまるでキス魔みたいで、隙が
あればいつでもしてくるし。

　わたしもわたしで、嫌だって言えなくて流されてばかり。

　好きな人……瑞月くんとのキスが嫌なわけなくて。

　だって、瑞月くんのキスは甘くて溶けそうで、ずっとし
てたいって思うくらい中毒性があって。

　仮で付き合ってるって関係を忘れちゃいそうになるくら
い、溺れそうになるから。

　瑞月くんも、わたしが拒否しないってわかってるから、
とことん攻めてくるの。

　キスまでしちゃったら、もう幼なじみに戻れないよ。

　こんな感じで、また数週間が過ぎたある日。
「あれ、瑞月なんか元気なさそうだね。どうしたの、体調
不良？」

　休み時間。

　天木くんが瑞月くんを何やら心配してる様子。

　チラッと隣を見たら、いつもと変わらず机に伏せて寝て
る瑞月くんがいる。

　今朝、顔を見たときは、そんなに体調悪そうには見えな
かったけど。

　もしかして、わたしが気づいてなかっただけ？
「体調不良……ね。うん、そーかも」
「あれ、話した感じだと元気そうだね？」
「何言ってんの、俺いま体調悪いんだけど。薫のほうから

言ってきたくせに」

「うん、なんか一瞬悪そうに見えたけど、今はそうでもなさそうに見えるよ?」

　ふたりのやりとりを聞いてると、体調が良いのか悪いのか、どちらとも言えない。

「……ひよに触れたくて死にそうなだけ」

「それは大変だね。だったら保健室でも行ってきたらどう?」

「……たまにはいいこと提案してくれるね」

「瑞月が好きそうな場所だよね、保健室って」

「……そーだね。よくわかってんじゃん」

「それじゃ、次の授業どうする?　体調不良って先生に伝えておくよ」

　何やら、瑞月くんと天木くんたのしそう。

　ヒソヒソ話してるから、内容は全然聞こえなくて。

「あっ、そうだ。じゃあ、陽依ちゃん、瑞月のこと保健室に連れて行ってやってくれるかな?　まだ体調回復しないみたいだから」

「えっ、わたしより天木くんが付き添いのほうが」

　万が一、保健室に行く途中でフラつかれても支えられないし!

「うーん、俺が付き添いだと機嫌損ねるからさ。そこは陽依ちゃんにお願いするよ」

　──というわけで。

「瑞月くん、大丈夫??」

「ん……死にそう」

「ぇぇっ、それは大変だよ！　早くベッドのほうで横にならないと！」

　やってきました保健室。

　タイミングが悪かったのか、養護教諭の先生も保健委員もいない。

　どうしよう……体調悪いときは、まず熱を測ったほうがいいよね。

　あと、何をしてあげたらいいんだろう？

　とりあえず体温計を探そうと思って、棚の付近をガサガサあさっていたら、背後にフッと人の気配。

　ふわっと柑橘系の香りがするから。

「み、みつくん！　なんでベッドのほういってないの！」

　ちゃんと寝てないとダメなのに、なんでか後ろからギュッて抱きついてくるし。

「ひよがきてくれないとダメ」

「ぇぇ、わたし体温計とか探さないと！」

「そんなのいーからさ」

　グイグイ腕を引かれて、あっという間に奥のベッドのほうへ。

　そばにある薄いカーテンがシャッと閉められて。

　軽い密室……みたいな。

　瑞月くんがベッドにドサッと座って、ようやく寝てくれるのかと思いきや。

「きゃっ……」

　なんでか、わたしまで引っ張るから、力に逆らえなくて、とっさにベッドに片膝をついた。

　そのままわたしの胸のあたりに顔を埋めて、ギュッと抱きつくからピシッと固まる。

「み、みつくん！　わたしは寝なくていいの！」

「何言ってんの。それじゃ、ひよをここに連れてきた意味ないでしょ」

「へ……っ？」

　体調悪い瑞月くんこそ何言ってるの。

「ねー、ひよ。キスして」

「はい!?」

　えっ、ちょっとまって、急展開すぎ！

　体調不良なんじゃないの!?

　見下ろせば、フッと怪しく笑ってる瑞月くんがいて。

　えっ、えっ??　顔色悪そうに見えないよ！

　ずいぶん生き生きしてるような。

「み、みつくん元気そうじゃん！」

「んー、そう？　ひよ不足症候群だから、体調ものすごく悪いよ」

「えぇ!?　なんかよくわかんない症候群になってるよ!?」

「ひよが足りなくて死にそうってこと」

「ま、まさか体調悪いの嘘なんじゃ……！」

「嘘じゃないって。ひよとキスしたら治るから」

　な、何それ……！

　てっきり、ほんとに身体だるいのかなとか、風邪かなと

か心配したのに！

「ほら、俺ビョーニンだから。ひよが看病して」

「んなっ、元気すぎるくらいだよ！」

「はぁ、冷たいね。ちょっとは労ってくれてもいーじゃん」

「い、労るって」

「キスくらいしてよ。ってか、俺がしたいからしていい？」

　ニッと笑った顔が見えたのは一瞬。

　視界がグランッと揺れて、身体がベッドのほうに沈んでいった。

　真上に覆い被さってくる瑞月くんは、とても病人には見えない。

「ま、まって……！　ここ保健室……っ」

「うるさいよ、黙って」

「ん……っ」

　あっけなく塞がれちゃった唇。

　学校で、しかも保健室のベッドで。

　すごくイケナイコトをしてる気分。

　瑞月くんがしてくるキスは最初は軽く。

　だから、流されないように理性を保とうとするんだけど。

　少ししたら唇が動いて、やわく噛んで。

　このへんから、息がちょっとずつ苦しくなって、頭がボーッとしてくる。

「そろそろ苦しいでしょ？」

「んぅ……はぁ……っ」

　早く口あけてよって、誘うように唇を舌先で軽くペロッ

と舐めてくる。

「……口あけないと、もっとキスできない」

「ふぅ……んっ」

　口元をキュッて結んだら、無理やりこじあけるように攻めてくる。

　きっと、もっと深いキスするつもり。

　これ以上を許したら好き放題にされちゃう。

「……ぅ、みつ……く……ん」

　クラクラするほど、甘いキス。

　全身から力が抜けそうで、理性を保つのが難しくて、つなぎとめるためにベッドのシーツをギュッと握る。

「……ひよも唇少し動かして」

　甘い毒が身体中に回ってるせい……にしたい。

　言われるがままに、わずかに動かしたら、瑞月くんの下唇をやわく噛んじゃって。

「はぁ……いいね。たまんない」

　ゆっくり目を開けたら、理由もないのに涙がジワッとたまっていて。

「涙目とかますますそそられるね」

「うぅ……っ、もう止まって……っ」

「……そんな可愛くお願いされても聞けない。ってか、むしろ煽ってるの気づいてんの？」

　どうやら、さらに火をつけてしまったみたいで。

　キスしたまま、リボンがシュルッとほどかれる音が聞こえて。

「……もっと、しよっか」

　ほどかれたリボンが、目の前でヒラヒラと落ちてくのが見える。

　あぁ、とっても危ない、逃がしてもらえないって思った直後。

「あら、誰かいるのかしら？」

　甘い雰囲気に流されかけていたら、少し遠くから女の人の声が聞こえる。

　養護教諭の先生が戻ってきたんだ……！

　こ、これはかなりまずい……！

　覆い被さってる瑞月くんと、組み敷かれてるわたし。

　これって、つまりイケナイコトしてるってカーテン開けられた瞬間にバレる！

　とりあえず事情を説明……って、そもそもどっちも病人じゃないから説明しようがない！

　あわわ、どうしよう……！

　バレるのを覚悟で、ギュッと目をつぶったら。

「あー……体調不良なんでベッド借りてます」

　息をひそめて、心臓バクバク。

　緊張からゴクッと喉が鳴る。

　このまま先生が納得してくれたら一件落着。

「そうなの？　熱はあるのかしら？」

「測ってないんですけど、熱っぽいんでベッド借りてます」

「あらそう。じゃあ、１時間だけね。次の授業から出れそうかしら？　もし悪化したら早退も考えてちょうだい

ね？」

　間一髪。ベッドがあるほうまで先生は来なくて、そこで
会話終了。

　これであとは、わたしが保健室から出て行っちゃえば。

　……って、しまったぁ……！

　今ここには瑞月くんしかいないことになってるわけで。

　まさか、付き添いのわたしがいるなんて、先生は知らな
いわけで。

　出ていくタイミングを完全に失ったよ……！

　逆に今ものすごく窮地に立たされてる状況な気がす
る……！

　わたしがひとことでも発したらまずい！

　ただでさえ、薄いカーテン1枚を開けられたらアウトな
のに、声まで出せないなんて。

　どうしようって、慌てて瑞月くんに助けを求めようとし
たのがいけなかった。

「……センセーいるから、声出せないね」

「へっ……」

　クスッと笑って、まるでこのスリルを愉しもうとしてる
ように見えるのは気のせい!?

「……声、ちゃんと我慢して」

「み、みつく……っ」

　喋ろうとしたら、すぐさま人差し指がトンッとわたしの
唇に触れて。

「……ダーメ。我慢できないの？」

「そ、そうじゃな……っ」

「……俺が塞ぐの手伝ってあげる」

「ん……」

　すぐそばに先生がいるのに手加減なし。

　キスだって、さっきよりも深く角度を変えてたくさん落としてくる。

　声を出さないように我慢してるのに。

「ふ……っ、ぅ……」

「……ひよ、声漏れてる」

「みつ、くんがぁ……んんっ」

「……かわいー」

　そんな刺激強くしないでって言いたいのに。

　きっと、バレるかバレないかを愉しんでる。

　声を我慢しなきゃいけないし。でも、うまく抑えられなくて、瑞月くんは愉しんで攻めてくるし。

　頭がグルグルして、こっちのほうが熱っぽくなりそうでクラクラ気分。

　本気になった瑞月くんは、甘いどころか極甘すぎて、止められない。

「……今ひよの弱いとこ攻めたらどーなる？」

　ぜったいダメって首をフルフル横に振る。

「……声、出ちゃう？」

　口元を手で覆って、コクコク縦にうなずく。

「……俺が塞いでてもダメ？」

　塞ぐって、キスでしょ？

　そんなの余計に声が出るからダメに決まってる。

「……んじゃ、ひよの身体に触るの禁止？」

「ダ、メ……っ」

　極力、小さな声で先生に聞こえないように言ったら。

「……ダメって言われるとやりたくなるの、わかる？」

「っ……！」

　それから先生が出て行くまでの数十分。

　瑞月くんの甘い攻撃は止まることはなくて。

　結局、わたしがたくさん我慢して、瑞月くんの好き放題にされてしまった。

☆
☆
☆
☆

第 3 章

危険な月希先輩と放課後に。

　6月がとんでもないスピードで過ぎていき、気づけば7月の上旬。

　学校は、あともう少しで夏休み。

　どこ行こうかなぁ、瑞月くんと過ごせるかなぁってワクワク浮かれていると。

　放課後。

　担任の大谷先生から突然、職員室に呼び出し。

　何も思い当たることがないなぁって思いながら行ってみると。

　大谷先生が頭を抱えて、わたしを待ってるではありませんか。

「綾瀬……俺は悲しいよ」

「んえ？」

「先生に何か恨みでもあるのか？」

「えっと、なんのことかさっぱりです」

「これだよ、これ！　お前テストの結果ちゃんと見たのか！」

「テストって、期末のことですか？」

「あぁ、そうだ。この前、全教科の結果が載った一覧を配っただろう？」

「あ、はい」

　テストの結果は、お世辞でもいいとは言えないほう。

　いつもテスト前は瑞月くんに勉強をみてもらっているから、赤点は取らずになんとかここまできたけど。

「見たなら、なぜ焦ってないんだ！」

「え??」

「お前今回の期末で何教科赤点ギリギリだったと思ってるんだ！」

「えっと、2教科……」

「違う！　4教科だ！」

「えぇ!?」

　あれ、なんか増えてる！

　わたしのこの反応に、先生は呆れ気味。

「しかも、俺が担当してる物理の点数がいちばん悪いとは何事だ……。先生の授業がそんなわかりにくいか？」

　怒ってるのかと思ったら、今度は悲しそうに落ち込んでるし！

　先生、感情の起伏が激しすぎる！

「い、いえいえ！　先生の授業はとってもわかりやすいです！」

「綾瀬……全然フォローになってないぞ。テストの点がすべて物語っているからな」

「うっ」

「このままだと進級も危ういかもしれないぞ？」

「そ、そんなにですか!?　赤点取ってないのに!?」

「どれもギリギリのラインだろうが！　その他の教科もけっしていいとはいえない点数だよな？」

「そ、そうかもです」

「かもじゃない、そうなんだよ！　頼むからしっかり勉強をしてくれ……と、いま言っても遅いことなんだが」

「えっと、つまり先生は何が言いたいのですか？」

「２週間後。再テストを行うことにする。それですべての教科70点以上を取れなかったら、夏休みほぼ毎日補習だ！」

「えぇ!?　そ、そんな無茶な!!」

　せっかく夏休み気分でルンルンだったのに！

　それをすべてぶち壊されちゃったよ！

「70点って、レベル高過ぎないですか!?」

「大丈夫だ、俺は綾瀬ができる子だと信じてるからな！」

「な、投げやりすぎませんか！」

「いーや！　先生は責任持って、２週間後にお前がきちんと成績アップするように、とある助っ人を頼んでおいた！」

「助っ人？」

「そうだ！　３年の中で特に真面目で成績トップのやつに声をかけたんだよ。お前の面倒を見てやってくれないかって。そうしたら快く引き受けてくれたんだよ！」

「な、なるほど」

「で、今日から早速勉強を教えてくれるそうだ！　図書室で待ってるから今からゴーだ！」

「今からですか!?」

「あぁ、そうだ。貴重な時間を使ってくれるんだから、感謝しなきゃダメだからな？」

　こうして、半ば強引に職員室を追い出されて図書室へ。

　今から勉強ってことは、時間かかるから瑞月くんとは一緒に帰れないかな。

　だから、メッセージを入れることに。

【先生に呼び出されて、そのまま補習で残ることになっちゃった。一緒に帰れなくて、ごめんね……！】

　シュポッとメッセージ送信。

　すぐに既読がついた。

【終わるまで待ってよーか？】

　うーん……。どれくらい時間かかるかわからないし。

　はっ、そもそも誰に勉強教えてもらうか聞くの忘れてしまった。

　図書室に行けばいいって言われただけだし。

【大丈夫……！　瑞月くんは先に帰ってて！】

　トーク画面が開かれたままなのか、送った瞬間にまたすぐに既読がついた。

【んじゃ、帰ってきたらぜったい連絡して】

　こういうとき瑞月くんは過保護になるの。

【うん、わかった！】

　返信だけして、スマホをスカートのポケットにしまって、いざ図書室へ。

　いったいどんな先輩が勉強を教えてくれるんだろう？

　先生から聞いた話だと、真面目で誠実で、頭が良くて。

　周りからの信頼も厚いんだとか。

　となると、めちゃくちゃ真面目なピシッとした人が待っ

てるのかもしれない。

厳（きび）しい人かなぁ。

ちょっとだけ不安になりながら到着。

扉を横にスライドさせて、中を覗き込んだら誰もいないような。

まあ、放課後の図書室なんて、人の出入りまったくないだろうし。

テスト期間中は利用してる人いるけど、みんなもうテスト終わって、夏休み気分で浮かれてるし。

わたしも、本来ならその浮かれてる組に入ってるはずだったのに！

とほほ……と、落ち込みながら中に入ってみたら、奥の机のほうに誰かいる。

向こうもわたしの存在に気づいたみたいで。

「あ、やっときたね。待ってたよ、陽依ちゃん」

こ、この声……聞き覚えあるような。

えっ、そんなまさか……ね。

近づいていくと、段々と鮮明（せんめい）に見えてくる先輩の顔。

「待ちくたびれちゃったよ」

「なななんで月希先輩が!?」

相変わらずの王子様スマイルで、呑気（のんき）に手を振ってる。

「なんでって、陽依ちゃんの勉強をみてあげるためだよ？」

「いやいや！　月希先輩は、お呼びじゃないです！」

「えー、それは傷つくなあ」

だってだって、先生が言ってるイメージと月希先輩が

マッチしないもん！
「ひ、人違いじゃないですか！　大谷先生は、すごく真面目で信頼できる人が教えてくれるって！」
「うん。だからそれが僕だよねって」
「うぇぇぇ!?」
「そのリアクション失礼だね」
「そ、そんな……」
「なんでガッカリしてるの。僕は陽依ちゃんと放課後に一緒に過ごせるのうれしいんだけどなあ？」
　月希先輩は、どうも絡みにくいっていうか、何を考えてるかわかんないし、なんか黒そうなオーラが見えるからつかみにくいし！
「せ、先輩は放課後、女の人とデートで忙しいんじゃないですか！」
　忘れかけていたけど、月希先輩って女遊びばっかりしてるじゃん。
　だったら、わたしの勉強をみてる場合じゃないような。
「デート？　陽依ちゃんとしたいなあ」
「いやいや！　わたしじゃなくて！」
「他の子は断ってるよ？　だって、陽依ちゃんと一緒にいれるわけだし」
　安定のキラキラスマイルで、強引に手を引かれて。
「これから２週間、陽依ちゃんの放課後は僕のものだね」
　こうして、とっても危険な２週間がスタート。

「うぅ、幸花ちゃん、どうしよう……！」

「なんか知らない間にすごいことになってるね！」

　翌日のお昼休み。

　幸花ちゃんに相談したいことがあると伝えて、お昼はふたりで屋上で食べることに。

　最近あったことを、ドバッと一気に報告。

「仮で付き合ってるのに、相沢くんキスしてくるなんて攻めてくるね!!　おまけに、放課後の勉強教えてもらうのが久城先輩なんて！　わぁぁ、ものすごい波乱な展開っ！」

「さ、幸花ちゃんなんか楽しんでないかな!?」

「うんうん、楽しいよ!!　陽依ちゃんの恋にたくさん進展があってワクワクしてるよっ！」

「わ、わたしは焦ってるよ！」

「相沢くんとかなりいい感じのところに久城先輩とのお勉強会だもんね〜。ここから久城先輩がどうやってアプローチしてくるか楽しみ〜！」

「うぅ、放課後のこと瑞月くんになんて言ったら……」

　昨日はなんとか誤魔化せたものの。

「たしかに、相沢くんは反対しそうだよね〜。放課後にふたりっきりだもんね。前にお昼休み食堂で久城先輩が陽依ちゃんに話しかけたときも機嫌悪そうだったし！」

「ど、どうしよう……っ」

「いっそのこと正直に言っちゃえばいいと思う！　隠してもあとでバレたら大変だろうし！」

「で、でも瑞月くん怒らないかなぁ……」

「うーん、嫉妬は大爆発だと思う！」

「大爆発……」

　考えただけでも恐ろしいよ。

「嘘ついてもいずれバレちゃいそうだし！　それに、先生が決めたことだったら相沢くんも折れるしかないんじゃないかなぁ？」

　やっぱりちゃんと話したほうがいいかな。

　嘘ついても見破られそうだし。

　瑞月くん鋭いから。

「それにしても、久城先輩すごいなぁ。陽依ちゃんに本気になりつつあるのかもしれないねっ」

「ええ、そうかな」

「だって最近ね、女の子たち落ち込んでるんだよ？　久城先輩が全然相手してくれないって。来るもの拒まずだったのに、断ってるらしいの！」

「へ、へぇ」

　意外って言ったら失礼かな。

　てっきり、いまだにいろんな女の人に手を出して、遊んでるかと思ったのに。

「それだけ陽依ちゃんに本気かもよって！」

「まさかまさか!!」

「すごいなぁ、相沢くんも強敵ライバルが出現で大変だ！」

　なんて、これがお昼休みの出来事。

　結局、どうやって瑞月くんに言おうかって午後の授業にいろいろ考えたんだけど。

　放課後、それを見事にぶち壊されることになるなんて。

「陽依ちゃん、迎えにきたよ？」

「っ!?」

　まだ瑞月くんに何も言えてないのに、まさかのまさか月希先輩が教室に来ちゃうという、とんでもないハプニング発生。

　クラスメイトたちは月希先輩が現れて、キャーキャー叫んでるし。

　中には、声をかけにいこうとしてる子もいるし。

　当の本人は、これだけ騒がれているのにスルースキルを持ち合わせてるみたいで。

「あれ、無視するなんて冷たいね」

　しまいには、わたしの席のところまで来てしまった。

　隣には瑞月くんがいるっていうのに！

　クラスメイトからの視線も痛いし……！

　どうしよう……！　これは想定外すぎる大事件……！

　頭をフル回転させて、とりあえず何を優先して喋らなきゃいけないか考えてると。

「……俺の陽依に何か用ですか」

　ずっと隣で黙っていた瑞月くんが口を開いた。

　怒りを抑えてるみたいな口調。

「キミは、たしかこの前に食堂で会ったときも陽依ちゃんの隣にいたね？」

「……そうですけど。先輩こそ、ずいぶん陽依に馴れ馴れしいんですね」

　瑞月くんが珍しく"ひよ"って呼んでない。

「まあね。最近すごく仲良くなったし、気になる存在だからね」

「へぇ……。気になるっていうのは、どういう対象なんですか？」

「もちろん恋愛対象だよ。こんなに反応が可愛い子が新鮮でね。ぜったい堕としたいと思ってるし、いずれ僕のものにするつもりだから」

「まあ、陽依が可愛いのは俺のほうが知ってますけど。ってか、堕としたいとかやめてもらえません？　陽依は俺のものなんで」

　周りの視線なんてお構いなし。

　瑞月くんと月希先輩はバチバチ。

　教室内はシーンと静まり返っている。

「さっきから俺のってずいぶん強調してるけど。キミは陽依ちゃんのなんなのかな？」

「彼氏ですけど」

「へぇ、彼氏なんだ？　てっきり、ただの幼なじみクンかと思ってたんだけどなあ」

　強気な瑞月くんと、相変わらず余裕そうな月希先輩。

　どっちも譲る気ないし、引く気もなさそう。

「早いとこ諦めたほうがいいですよ。陽依は俺のことしか見てないんで」

「ふっ、それは今だけの話だよね？　陽依ちゃんの気持ちが変われば、僕のことを見る可能性もあるよね」

な、なんでこのふたり、こんな火花飛び散るくらいバッチバチなの……！

「その可能性は限りなくゼロに近いと思いますけど。ってか、陽依のこと渡すつもりはまったくないんで」

「そう言われちゃうと逆に燃えるね。他人のものほど奪ってやりたくなるから」

「……奪えるもんなら奪ってみろよ」

「すごい威勢だね。じゃあ、僕も遠慮なく攻めさせてもらうから」

　パッとわたしの手を取って、瑞月くんに見せつけるように月希先輩のほうへ抱き寄せられて。

「これから２週間、陽依ちゃんの放課後は僕がもらうから」

　えぇぇ、それ言っちゃうの!?

　どうやって隠そうか悩んでいたのに、水の泡だよ！

「……ジョーダンやめてもらえません？」

「僕は冗談を言う主義じゃないよ？　これは先生からの頼まれごとでね。陽依ちゃんの勉強を２週間みてほしいって」

　ギロッと瑞月くんがわたしを睨んだ。

「……ひよ。どういうこと」

「え、ええと……テストの点が悪くて……」

「悪いのはいつものことじゃん」

「うっ、そうなんだけど」

　地味にグサッときたよ。

「んで、なんでこの胡散臭いやつと一緒に勉強することになってるわけ？」

　わぁ、さらっと侮辱しちゃってる。

　って、今はとりあえずそれはスルーして！

「大谷先生が勝手に決めちゃって。2週間後に再テストが
あって、それで70点以上取らないと夏休み補習になっちゃ
うみたいで」

「教えるの俺じゃダメなの？」

「ど、どうなんだろう。あっ、でもお願いしたら瑞月くん
も頭いいから変更してもらえるかも──」

　喋っていたら、すぐさま月希先輩が遮ってきた。

「もう決まったことだからいいよね。たった2週間なんだ
からいいでしょ？　それとも余裕ないのかな？」

「……」

「陽依ちゃんの気持ちが絶対的に変わらない自信があるな
らいいよね、彼氏クン？」

「うぅぅぅ、先輩のせいで瑞月くんめちゃくちゃ怒ってた
じゃないですかぁ……！」

「ははっ、たしかに機嫌悪そうだったね。悔しそうにして
るあたり余裕ないんだね」

　結局、渋々……瑞月くんが折れたんだけど。

　どこで勉強するのか、何時に終わるのか、いろいろ事細
かく聞かれて。

　おまけに、終わるまで教室で待ってるって言うし。

　待たせるのが悪いから、先に帰ってて大丈夫だよって
言ったけど、ぜったいやだって。

　終わってから一緒に帰ることを条件に、月希先輩との勉強を許してくれたといっても過言じゃない。

　約束どおり、図書室で２時間のお勉強。

　長机に教材を広げて、隣にはちょっと距離が近めな月希先輩。

　瑞月くんから、あんまり近づかれないように警戒してって言われたけど、勉強を教えてもらうわけだから離れるのも不自然だし。

「さて、それじゃ始めよっか。ちゃんと教えないと僕も怒られちゃうからね」

「よ、よろしくお願いします」

　こうして、勉強を教えてもらうことになって。

　意外と……って言ったら失礼かもだけど、真剣にきちんと教えてくれる。

　しかも、めちゃくちゃわかりやすい。

　これなら再テストも合格しそうだなぁって、呑気に勉強ができたのはここまで。

「ねー、陽依ちゃん」

「なんですか？」

「さっき教室で陽依ちゃんの彼氏って言ってた彼。ほんとに彼氏なの？」

「うぇっ？」

　問題集に真剣に取り組んでるっていうのに、まったく関係ない話題を振られて間抜けな声が出る。

「彼、陽依ちゃんが前に片想いしてるって話してた幼なじ

みの瑞月くんでしょ？」

「うっ……」

　しまった、しまった。

　たしか先輩にそこまで話していたんだ。

「瑞月くんは、たしか陽依ちゃんのこと恋愛対象として見
てないとか言ってたよね？　どういう風の吹き回しかな」

「や、えっと……それにはいろいろ事情がありまして」

　周りの人……幸花ちゃん以外には仮で付き合ってること
は内緒にしてるから。

　月希先輩にバレたら、なんだかいろいろ厄介そう。

「その事情ってやつ教えてほしいなあ。僕いちおう陽依ちゃ
んの彼氏候補でしょ？」

「えぇ!?　受け付けた覚えないです!!」

「ははっ、それは傷つくなあ。今の陽依ちゃんの反応から
して本気で付き合ってるわけじゃなさそうだね」

　ギクリ……。

　鋭いところを突いてくる。

　いつの間にか、お勉強の時間は終了。

「ちゃんと話してくれないと、変な噂流しちゃうけどいい
の？」

「へ、変な噂……？」

　月希先輩の表情からして、ぜったい何かよからぬことを
考えてるに違いない。

　そして予感的中。

「僕が陽依ちゃんに言い寄られて困ってるって、いろんな

女の子に言いふらしちゃおうかな」

「へ……へっ!?」

　いつわたしが先輩に言い寄った!?

　むしろ、先輩のほうがガツガツ攻めてくるじゃん!

「いいのかなあ。僕が噂を流したらあっという間に広がって、女の子たちに袋叩きにされちゃうよ?」

「ま、待ってください!　かなり語弊があると思うのですが!　そ、それにそんな噂誰も信じないんじゃ」

　すると、月希先輩は勝ち誇った顔で。

「あのね、僕が流せばみんな信じるの。たとえ陽依ちゃんが否定したところで、信じてもらえるのは僕か陽依ちゃんどっちだと思う?」

　か、勝ち目なし。

　そりゃ、圧倒的に月希先輩の言うことをみんな信じちゃうに決まってる。

「ぬぅぅ……脅すなんて卑怯ですよ」

「そんな怖いことしてないよ?　ただ事実を教えてほしいから、ちょっとイジワルしてるだけ」

　ここまできたら逃げられないし、変な噂を流されて袋叩きにされるのもやだし。

「ぜ、ぜったい内緒にしてくれますか」

「うん、もちろん。幼なじみクンにも何も言わないであげるよ」

「ほんとですか?」

「疑り深いね。僕そんな信用されてない?」

「せ、先輩の笑顔は裏がありそうなので」

「へぇ、ちょっとずつ僕のことわかってきたね」

　ほらほら、否定しないってことはつまり当たってるんでしょ？

「それで、陽依ちゃんと瑞月くんの関係は？」

「付き合ってます……仮で」

「本気で付き合ってるわけじゃないんだ？」

「そ、そうです」

　あぁ、あっさりバレちゃったよ。

　しかも、いちばん知られちゃいけない相手に、真っ先にバレてしまったような。

「それじゃ、まだ僕にもチャンスはあるってわけだ？」

　シャープペンを握っていた手をあっさり取られて。

　おまけに、どこかの国の王子様ですかって感じで、手の甲にチュッとキスを落として。

「これから２週間、たくさん仲良くしようね？」

「い、いや、勉強を教えてください！」

「もちろんそのつもりだけど、勉強以外のことも陽依ちゃんとしたいなあってね」

「な、何するんですか！」

　思わず身構えれば、なんともなさそうにクスクス笑いながら。

「そんな警戒しなくても、すぐに食ったりしないよ」

　言葉遣いと顔が合ってないとき多すぎるよ。

　これから２週間、無事に過ごせるのかな。

　不安を抱えたまま、この日はとりあえず何事もなく終了。

　終わってから瑞月くんのもとに行ってみれば、すぐさま何かされてないかって何度も聞かれて。

　いちおう目立った事件みたいなのは起きてないから、ちゃんと勉強を教えてもらったと伝えて。

　そこから2週間。

　意外にも月希先輩は、さちんと勉強を教えてくれて。

　初日のときみたいに、瑞月くんとのことを聞かれたりすることもなく。

「陽依ちゃんは覚えがいいね。これだったら、どの教科も安心して再テスト受けて大丈夫だと思うよ」

「あ、ありがとうございます」

　と、まあこんな感じでスイスイと順調に進んでいき、何も起こることなく2週間は過ぎていった。

　てっきり、もっと変なことされたりするかと思って警戒していたのに。

　フツーに勉強を教えてくれて、しかもめちゃくちゃわかりやすいし。

　そして、なんとか再テストすべての教科70点以上を取ることができて、補習を免れた。

嫉妬と優しさ。

「陽依ちゃん、再テスト合格おめでと〜!!」

「ありがとうっ!」

　月希先輩に勉強を教えてもらったおかげで、なんとか再テストに無事合格。

　夏休みも自由に過ごせるってことで、今日は幸花ちゃんと放課後カラオケに来てる。

「今日はパーッとはじけちゃおう!」

「うんうん、そうだね!」

「あっ、そういえば相沢くん大丈夫だった?　今日わたしと遊ぶの許してくれた?」

「うん、幸花ちゃんだったら瑞月くんもいいよって」

「そっかそっか〜、よかった〜!　相沢くんの許可が下りなかったら大変だと思って!　陽依ちゃんと一緒にいる時間を奪ってるみたいなものだし!」

「幸花ちゃんは仲良くしてる友だちって、瑞月くんもわかってくれてるから!」

「相沢くんの場合、女のわたしでも容赦なさそうだし嫉妬してそう〜!」

「そ、それは天木くんに言えることだよ!」

　天木くんみたいな、いつもにこにこしてるタイプに限って、怒らせたら誰も止められなさそうだし。

　とくに幸花ちゃんのことだいすきだから、むしろわたし

のほうがふたりの時間を奪っちゃってごめんなさいって気分だよ。

「えぇ、薫くんはそんなことないよ～！」

「いやいや、怒らせたら怖いよ天木くんは」

「それを言うなら相沢くんもだよ～！」

　なんて、楽しく話しながら歌いたい曲をジャンジャン入れて。

　もう歌えないよってくらい、はしゃぎすぎて終了の時間になった頃には喉がちょっと痛いくらい。

「あ～～、久しぶりに歌いすぎて喉に違和感ある～！」

「幸花ちゃん歌すごく上手だもんね。羨ましいよ！」

　スマホで時間を確認したら夕方の6時を過ぎていた。

　このあと、幸花ちゃんとごはんを食べて帰る予定だったんだけど、急用ができてしまったみたいで、カラオケを出て慌てて走って行っちゃった。

　ひとりポツンと取り残されて、どうしようかなってスマホとにらめっこ。

　通知欄には瑞月くんから【帰ったら連絡して】と、相変わらず過保護なメッセージが届いていた。

　もう遅い時間だし、わたしも帰ろうかなぁ。

　スマホをカバンにしまい、歩き出して周りをキョロキョロ見渡したら。

　あ、どうしよう……ちょっと怖いかも。

　ひとりになってみて、ここが治安の悪そうなところだって気づいた。

　駅から少し離れてる、外れた場所。

　学校が終わった時間帯は明るかったし、人通りもそこそこあったし幸花ちゃんも一緒だったから、なんとも感じなかったけど。

　今は人がいなくて、シーンとしてる。

　建物も、どこを見ても古いっていうか、あきらかにやばそうなお店が多いっていうか。

　駅周辺は人がたくさんいるのに、ほんの少し駅の裏側に入っただけで、ガラリと雰囲気が変わる。

　走って帰ったほうがいいかな。

　とりあえず、ここで突っ立ったままでいるより、早足でここを抜け出したほうがいいと思って。

　どうか変なことに巻き込まれませんようにって、足を進めたら。

「おっ、かわいー子いんじゃん」

　そんな声が聞こえたと同時、手をつかまれて後ろにグイッと引っ張られた。

　声質的にぜったい男の人。

　振り返ったら、ガラの悪そうなふたり組の男の人たちがいた。

　アクセサリーたくさんジャラジャラつけてるし、髪なんてガンガンに明るいし。

　片方の人なんてタバコ吸ってる。

　いくらバカなわたしでも、この状況がとても危険なのは一瞬で理解。

　こういうのは相手にしないで、何も話さずに走って逃げたほうがいいって。

　つかまれた手を振りほどこうとしたんだけど。

「っと、抵抗しないでね？　俺たちなーんも怖くないよ？」

　力じゃ全然かなわなくて。

　もうひとりの男の人にも、空いてるほうの手をつかまれてしまった。

「こんな可愛い子がひとりでいるなんてラッキーだよな。しかも女子高生じゃん。なかなか可愛いし、俺好みの顔してるなー」

　ニッと気持ち悪い顔で笑って近づいてくる。

「たしかにお前好きそうだな。こーゆー何も知らなさそうなやつ」

「そうそうー。とりあえずここにいると目立つからホテル行くかー」

　こっちの反応なんか無視で、グイグイ引っ張られる。

　抵抗しなきゃいけないのに、怖くて何もできない。

　声を出そうにも、うまく出てこなくて力にも逆らえなくて、引きづられてくことしかできない。

「なあ、俺が先でいいよなー？」

「お好きにどーぞ」

「お前あんま興味ねーの？」

「いーや、あるけど。お前が譲らねーだろ」

「ははっ。んじゃ、俺が愉しんだあとにお前にまわしてやるよ」

　ふたりの会話が怖くて聞いてられない。

　わたし今からどうなっちゃうの、何されるの。

　人とすれ違うけど、とても助けてくれそうにない。

　誰も声をかけてくれないし、こっちを見ようともしない。

「おっ、ここいい部屋空いてんじゃん」

　あきらかに入っちゃいけないところ。

　こんなところ連れ込まれたら、ぜったい逃げられない。

　中に連れ込まれる前に、無い力で抵抗した。

「なに、今さら抵抗してんの？」

「っ……」

「大丈夫だよー。そんな怖いことしないし？」

「あ、の……っ、帰らせて……ください……っ」

　大きな声が出せなくて震（ふる）えてるだけ。

「んー、したいことしたら帰してあげるからさ？　とりあえず俺たちの相手してからね？」

「い、今すぐ……帰りたい、です……っ」

「だからさー、やることやったら帰してあげるって言ってんじゃん。あんまわがまま言うとこっちも容赦しないけど」

　顎をグッと強引につかんで、「今すぐ犯されたいの？」って、冷たくて低い声。

　今まで聞いたことない言葉にゾッと背筋（せすじ）が凍（こお）る。

　今のひとことでドッと恐怖が増して、余計に声が出せなくなった。

　無言の抵抗もむなしく、中に連れ込まれそうになったとき——。

「すみません、よかったら僕も混ぜてくれません？」

　その声が聞こえたとき、あぁもう最悪って。

　ふたり組に絡まれたうえに、もうひとり増えるなんて。

「ってか、その子、僕の彼女なんですけど。離してもらえません？」

　最初は怖さが勝っていて、声の主が誰かわかんなかったけど。

　今しっかり聞いて、正直少し安心した。

　だって、聞き覚えある声と口調だから。

　伏せていた顔を上げた。

「つ、き……せんぱ、い……っ」

　さっきまで恐怖でまともに声も出そうになかったのに、ほぼ無意識に呼んでた。

「こんな危険な人に捕まっちゃダメでしょ？　ほら、僕のほうにおいで？」

　その言葉に甘えて、月希先輩のほうに行こうとすれば、ふたり組が黙ってるわけなくて。

「いやいや、勝手に話進めないでくれる？　この子がさ、俺たちの相手してくれるって誘ってきたんだから」

　そんなことないのに、嘘ばっかり。

　でも、今は言い返すこともできなくて。

「だからー、彼女のこと俺らに貸してくんない？　優しくするからさー？」

　肩を抱かれて、月希先輩から引き離されてしまう。

　このまま先輩が何も言わずに、ここを去ってしまったら。

　助けてって、声を振り絞って伝えようとしたら。

「……何言ってんの。いいから、その子のこと離してくれ
ない？」

　声色が一気に変わった。

　いつもの優しい声とか口調が崩れてる。

「いや、だからさ、この子が誘ってきたわけで」

「僕は頭の中が空っぽで、話にならないような相手に時間
を割くことは無駄だと思ってるんで」

「はぁ？　お前あんま調子乗ったこと言ってんじゃねー
ぞ？」

　片方の男の人がカッとなって、月希先輩の胸ぐらをつか
んだ。

「調子乗ってんのはどっち？　話通じないならケーサツ呼
ぶけど」

「は？　俺たち別に悪いことしてねーし？」

「こんなに泣いてる女の子を、無理やりホテルに連れ込も
うとしてるのに悪いことってわかんないなんて、頭大丈
夫？」

「チッ、お前いい加減にしねーと……」

「いい加減にするのはそっちでしょ」

　ほんとに一瞬。

　月希先輩が男の人の片腕をつかんで、そのまま押さえつ
けた。

　身動きが取れなくなった男の人は、そのまま地面に座り
込んだ。

「んで、もうひとりのそこの人。いい加減、僕の彼女離してくれない？　離さないなら、コイツの腕の骨何本か折ってもいいけど」

　瞳が本気で、つかんでる腕にグッと力を込めて本気で折ろうとしてるんじゃないかって。

　腕をつかまれてる男の人が声をあげて、顔を歪めてる様子を見て、もうひとりの男の人はあっさりわたしを解放した。

「ほら、僕のほうおいで」

　その言葉に安心して、自然と月希先輩のほうへ。

　わたしが先輩のそばにいくと、拘束していた男の人の腕をあっさり放して。

「今回は見逃すけど。次、僕の彼女にこんなことしたらタダじゃすまないから」

　最後に月希先輩がそう言うと、ふたり組は悔しそうな顔をして足早に去っていった。

「大丈夫だった？　何もされてない？」

「っ……」

　まだ怖さが残ってるせいで、うまく声が出ないし、安心したせいか涙がたくさん出てくる。

「怖かったね。いいよ、無理して話さなくて」

　優しい声のトーンで、安心させるように背中をさすってくれる。

　月希先輩が助けてくれなかったら……って、考えたらとても怖くて。

　いろんなことが重なりすぎて、ついに自分の身体を支え
られなくて。
「……っと。大丈夫？」
　膝が震えて、うまく力が入らなくて月希先輩のほうへ倒
れ込む。
　へなへなと完全に力が抜けきって、とても立っていられ
る状態じゃない。
「それだけ怖い思いしたってことだね。ごめんね、僕がも
う少し早く助けられたらよかったね」
「っ……」
　そんなことないって意味を込めて、首を横に振る。
　ほんとは助けてくれてありがとうございましたって、伝
えなきゃいけないのに。
「陽依ちゃんが落ち着くまで待ってあげたいけど。ここに
いるのはあんまりよくないから」
　急に背中を向けられて、「はい、僕の背中に乗ってね」
そんなこと言われて。
　さすがにおんぶされるのは……。
「早くしないと置いていくよ」
「うっ、でも……」
「それともお姫様抱っこにする？」
「やっ……」
「嫌ならおとなしく乗って」
　戸惑いながら大きな背中にぜんぶをあずけると、軽々し
くひょいっとおんぶして歩き出した。

　月希先輩のことつかみにくい人で、苦手とか思っていたけど。

　こうして助けてくれて、こんなふうに優しくしてくれて。

　先輩に対する見方が、ちょっとだけ変わったかもしれない……なんて。

　治安の悪かった外れを抜けて駅のほうへ。

　少し歩くと、高層マンションがたくさん。

　そして、月希先輩が慣れた感じでマンションの中へ。

　あきらかに普通の庶民が住んでるマンションじゃなくて、お金持ちが住んでいそうなところ。

　エレベーターに乗り、かなりの高さまでグーンと上がっていく。

　そして、とある一室へ。

「さあ、どうぞ。ここで少し落ち着いてから送っていくね」

　おんぶの状態で中に連れて行かれて圧倒される。

　玄関もめちゃくちゃ広くて。

　一直線の長い廊下を抜けると、ガラスの扉があって開けたらとてつもない広さのリビング。

　床なんて真っ白の大理石だし、家具とか置かれているけどリビングが広すぎて、もはや家具が小さく見える錯覚。

　カーテンは全開になっていて、大きな窓からは駅周辺が見下ろせるくらいの高さ。

　そして、ふかふかの座り心地がとてもいいソファの上にそっとおろされた。

「えと……、ここは」

「僕の家だよ？」

「え……えぇ」

「ははっ、そんな驚く？」

　そりゃ、この状況で驚かないほうが難しいよ。

　月希先輩って、もともと王子様っぽいなと思っていたけど、住んでるところまですごいなんて。

「とりあえずさっきよりは落ち着いたかな？」

「あ……えっと、助けてくれてありがとうございました」

　ぺこっと軽くお辞儀をしたら、先輩の大きな手が頭をポンポン撫でた。

「どういたしまして。なんであんな治安悪いところにひとりでいたの？　僕がたまたまいたからよかったけど」

「友達と遊んでて。それで、その子に急用できて先に帰っちゃって」

「へぇ、そっか。いつもの幼なじみクンは一緒じゃないんだ？」

「そ、そうです」

　すると、月希先輩は表情を変えずに、ゆっくりわたしとの距離を詰めてきた。

　その距離、あと少しでお互いの肩がぶつかるくらい。

　ジッと見つめたら、しっかり絡む視線。

　かと思えば、先輩の視線が少し下に落ちた。

「ネックレスが髪に絡んでるね」

「え？」

　スッと先輩の手が髪に伸びてきた。

　優しく、とかすように触れてくる。

「ちょっと後ろ向いて。絡んでるのほどいてあげるから」

　言われるがまま。

　先輩に背中を向けて、首元にかかる髪をどかす。

　絡んでるって言われたけど、正直全然そんな感じしない
し痛くもない。

「はい、取れたよ」

　ほんの数秒の出来事。

　絡んだのがほどかれたんじゃなくて、ネックレスが首か
ら取られたような。

　パッと後ろを振り返ったら、いつもの笑顔でわたしの
ネックレスを手に持ってる月希先輩。

「え……ほどいたのとってくれたんじゃ」

「うん、それは嘘かな」

　さっき助けてくれた優しい先輩は、どこへやら。

「か、返してください」

　手を伸ばせば、ひょいっと軽くかわされる。

「どうしても返してほしい?」

「ほしいです」

「瑞月くんからもらったものだから?」

「そ、そう……です」

「それなら返したくないなあ。奪ったままにしたら、瑞月
くんはどんな反応するかな?」

　油断してたかもしれない。

　助けてくれた優しさを見せられて、忘れていた。

　月希先輩が、とても危険な人だってこと。

「それに、今こうして僕の部屋に陽依ちゃんがいることを瑞月くんが知ったらどう思うかな？」

「ど、どうって……」

「僕いまひとり暮らしなんだよね。つまり、今ここには僕と陽依ちゃんしかいないんだよ」

　つまり、ふたりっきり。

「でも安心してね。無理やり何かしようなんてことは考えてないから」

　月希先輩は、優しいのか優しくないのか。

　優しそうな見た目は、ぜんぶ仮面のような気がして。

「陽依ちゃんからキスしてくれたら返してもいいよ？」

　ほら、笑顔でこんなこと言うんだから。

「む、無理です……。冗談やめてください」

「僕が冗談言うように見える？　けっこー本気なんだけどなあ」

「せ、先輩さっき助けてくれて優しかったのに、キャラ変わりすぎじゃないですか」

「ふっ、そうかな？　これが本来の僕だよ？」

　にこっと笑いながら、慣れた手つきでわたしの髪にスッとキスを落としてくる。

「でも、陽依ちゃんの気持ちを無視して、無理やり襲いかかったりしないって約束するよ」

　紳士っぽく言ってるように聞こえて、やってることは全

然紳士じゃない。

「ち、近いです……っ」

「わざと近づいてるんだよ」

　こっちが引いても、引いた分よりもっと攻めてくる。

「今こうして僕とふたりっきりでいること、瑞月くんに知られたくないでしょ？」

「べ、別に知られても……」

「平気なの？　男の部屋でふたりっきりなんて。何もなかったとしても、信じてもらうのは難しいよね？」

「っ……」

　先輩の優しさに甘えたのが失敗。

　ふたりっきりの空間を作られて、大切にしてるネックレスも取られて。

「安心しなよ。瑞月くんには今日のこと何も言わないであげるから。ただ、ネックレスは僕のほうであずかっておこうかな」

　もし、瑞月くんにバレたらぜったい呆れられちゃう。

　月希先輩の部屋に連れて行かれて、何もなかったとはいえふたりっきりになって。

「返してほしかったら、また僕のところおいで」

「……さん」

「……」

「あ……やせさん」

「……」

「綾瀬さん！」

「へ？」

　ハッと気づいたときには、時すでに遅し。

　名前を呼ばれていたことにすら気づかなくて、そもそも今が授業中なのも頭から抜けていて。

　ボケッとしていたら、ほぼ目の前にお怒り気味の先生の顔が。

「さっきから何度も名前を呼んでますけど」

「あ、すみません」

「それで、この問題すぐに解いてくれるかしら」

「え……」

　今がなんの授業なのかもわかってないほど、今日のわたしは絶不調。

　おまけに机の上に出ている教科書を見て、先生から盛大なため息が送られてきた。

「綾瀬さん。今は英語の授業ですけど。そんなに数学の勉強がしたいのかしら？」

　1時間前に使っていた数学の教科書が、机の上に乗ったまま。

「あっ、す、すみません……」

「すぐに教科書を出し直しなさい。今回は見逃してあげるけど次はないからね」

「はい……」

　クラスのみんなの視線がものすごく痛い。

　こんな感じで午前中の授業は、ほとんど上の空。

　それもこれも、ぜんぶ月希先輩のせい。

　ネックレスを取られたこと、月希先輩の部屋に行ってしまったことを瑞月くんにバレちゃいけないと思って。

　でも、隠し通すのも難しくて。

　だから、早いところネックレスを返してもらいたいけど、どうしたらいいのか悩んでばかり。

　……で、この散々なザマになってしまったわけで。

　こんな生活が３日ほど続いたら、そりゃ瑞月くんに何も気づかれないわけもなく。

「……ひよ。俺に何か隠してることあるでしょ」

「へ……っ」

　休み時間。

　いつもなら机に伏せて寝てるはずの瑞月くんが、急にわたしを教室から連れ出して。

　人通りがそんなにない、屋上に向かう階段のそばへ。

　真後ろは冷たい壁。

　真横は瑞月くんの長い腕が壁について。

　目の前はもちろん、瑞月くんがいて。

　どこを見ても完全に逃げ場なし。

　顔を上げれば、わたしのことを見下ろしてる、ちょっと怒ってる瑞月くんの顔が見える。

「み、みつく……っ」

　ぜんぶ呼べなかった。

　さらっと塞がれた唇。

　触れただけなのに、唇に熱が集中してジワジワ身体中に

も広がっていく。

　すぐに息が苦しくなって、ギュッと瑞月くんのブラウスを握る。

　瑞月くんのキスは——甘いときと、優しいときと、強引なときの……どれか。

　今は強引なとき。

　何回しても、キスには慣れなくて。

　ペースに全然ついていけない。

「みつ、くん……っ」

　どんなに呼んでも止まってくれないし、キスが深くなっていくだけ。

　苦しくて、ちょっと顔を横に向けようとしても。

「……ダメ。キスに集中して」

「んん……っ」

　簡単にもとに戻されて、ずっと塞がれたまま。

　息苦しくて酸素を求めて口をあければ、このタイミングを待ってたように。

「っ、んっ……ぁ」

　息を吸ったと同時に、熱が口の中に入り込んできてクラクラしてくる。

　しだいに力が入らなくなってきて、グダッと抜けきって瑞月くんのほうへ倒れ込む。

「……隠してること、ちゃんと言って」

　下からすくいあげるように、真っ直ぐ射抜くように見てくる。

　この瞳につかまったら、嘘をついてもぜったい見破られちゃう。

「か、隠してることって……」

「ひよの様子がおかしいことくらいすぐわかるけど」

　やっぱり、勘の鋭い瑞月くんには、あっさりバレていた。

　この表情からして、言うまでぜったい解放してくれなさそう。

「俺が何も気づいてないとか思ってんの？」

　瑞月くんの指先が、上まで留まっているブラウスのボタンを外した。

「ネックレス、なくなってんじゃん」

「っ……」

　普段は制服で見えないし、気づかれてないと思っていたけど。

　念のために、ブラウスのボタンをいつもよりきっちりしめていたのに。

「失くしたの？」

「う、うん……。いま、探してる……の」

「どこで失くしたの」

　言えない。

　月希先輩の家で、取られたなんて。

「えと……」

　必死に言い訳をグルグル考えていたら。

「僕に取られたなんて言えないもんね」

　廊下の角からそんな声が聞こえて、ドキリと心臓が大き

く跳ねた。

　ゆっくり目線を声のするほうへ向ければ……そこにいた
のは——月希先輩で。

「ごめんね、たまたま通りかかったら、ふたりの声がした
から声かけちゃった」

　なんてバッドタイミング。

　来ちゃいけない人が来てしまって、変な汗が身体からド
バドバ出てくる。

　ど、どうしよう……。

　正直に話すか、それとも……。

「探してるのは、これだよね？」

　月希先輩の手に……わたしのネックレス。

　このタイミングで見せるって、悪意しか感じないよ……。

「……なんでアンタが持ってるんですか？」

「さあ、どうしてだと思う？」

　空気は最悪で、バチバチ。
　弁解の余地もなさそう……。

「陽依ちゃんが僕の家に来たから」

「……」

「ほんとはネックレスを返す条件として、陽依ちゃんから
キスしてほしかったんだけどね。断られたから僕があず
かってるわけ」

　いま瑞月くんには、どういう経緯で月希先輩の家に行っ
て、ネックレスを取られちゃったか話せてないから。

　これじゃ、わたしが何も考えずにホイホイついていった

だけってとらえられちゃう。

　すぐに瑞月くんにワケを話そうとしたら。

「……それ、返してもらえません？」

　落ち着いた声で瑞月くんが言った。

「だから、それは陽依ちゃんが……」

「いいから──返せって言ってんだよ」

　先輩相手だっていうのに、瑞月くんが本気で怒ってるのがわかる。

　今にも殴りかかっちゃいそうなくらい。

「どうやら本気で怒らせちゃったみたいだね。これ以上煽ると危ないね」

　そう言うと、ネックレスが瑞月くんの手に渡った。

「まあ、いま僕から話したことはぜんぶ事実だからね。男の部屋でふたりっきりなんて、何かあってもおかしくないよね」

　思いっきり大きな爆弾を落として、嵐のように月希先輩は去っていった。

　残されたわたしたちの間には、当然重すぎるくらいの空気が漂ってるわけで。

「えっと、みつく……」

　話そうとしたら、なんでか抱きしめられた。

　怒ってると思ったのに、抱きしめ方がすごく優しい。

「……何してんの、俺の知らないとこで」

「ぅ、ごめんなさい……っ」

「なんでアイツの家に行ってんの。ってか、どうなったら

ネックレス取られるわけ？」

「そ、それにはいろいろ事情があって……」

　数日前あった出来事を嘘なくちゃんと話した。

　そもそもわたしが、ひとりで治安の悪いところにいたのがいけなかったから、呆れられるかもって思ったのに。

「……なんで、俺じゃなくてアイツが助けてんの」

　声が不満そう。

　ただ、怒ってる感じはしない。

「……ってか、ひよがそんな危険な目に遭ってたの知らなかったし」

「ごめんね、話せなくて」

　月希先輩とやましいことがあったわけじゃないけど、理由があったとはいえ、男の人の部屋にあがっちゃったから。

「……なんもされてない？」

「え……？」

「ひよに声かけてきた男たちと、あとあの胡散臭いやつ」

「う、うん。何もされてないよ」

　もしかして心配してくれてるの……？

　何も話せなくて、隠してたのに。

「……それならよかったけど。ってか、なんで俺に何も言わなかったわけ」

「だって、誤解されちゃうと思って。月希先輩が、ふたりっきりで男の人の部屋にいたら、何もなくても何もないなんて信じてもらえないよって……」

「それより、ひよにかくしごとされるほうが俺は嫌だよ」

「っ、……」

　わたし瑞月くんのこと全然わかってなかった。

　呆れられるかもとか、怒られるかもとか、そんなことばっかり考えて。

　でも、そんなことなくて。

「俺はひよの口から聞いたことだけしか信じないし」

「ほ、ほんとに？」

「ひよが嘘つくなんて思ってないから」

　チュッと軽く一度だけキス。

「ただ、そうやって隠されるのは死ぬほど嫌って話」

「し、死ぬほど……」

「で、俺は今すごく機嫌悪いけど、どーする？」

「え、えぇ!?」

　あれ、さっきまで優しいモードだったのに。

　この流れのままなら、誤解が生まれることもなく、ネックレスも戻ってきて、一件落着ですむはずだったのに。

　動揺するわたしを逃がさないように、太ももの間に瑞月くんの片足が入ってきて。

　後ろは壁で逃げ場なしの、さっきと同じ状況。

「み、みつくん、もう授業始まっちゃうよ」

「さぼればいーでしょ。ひよは早く俺の機嫌直すこと考えなよ」

　そのあと1時間。

　ふたりで授業をさぼって。

「みつ、くん……っ、もうダメ……っ」

「ダメじゃないって。まだ足りない」

　誰にもバレない空き教室で。

　何をしていたかは。

「……ひよからもして」

「っ……」

「ほら、俺の機嫌悪いままでいーの？」

「うぅ……っ」

　ぜったいに、ふたりだけのひみつ。

彼氏とすること、キス以上。

　ついに夏休み突入。

　今日はなんと。

「今から花火楽しみだね～！」

「ほんとに楽しみだね！　天木くんと幸花ちゃんのおかげだよ！」

「そんなそんな～！　せっかくだから４人で楽しもうねっ」

　わたしと瑞月くん、幸花ちゃんと天木くん、４人で１泊２日で、ちょっとした旅行に来てます。

　じつは、天木くんのおばあちゃんが旅館を経営（けいえい）しているみたいで。

　そこに招待（しょうたい）してもらえて、天木くんのお父さんが車で送ってくれることに。

　場所が結構遠いので、お昼に出発して夕方に旅館のほうに到着。

　そして、夜に花火が上がるみたいで、天木くんのおばあちゃんがわたしと幸花ちゃんに浴衣（ゆかた）を用意してくれて。

　今さっきそれを着せてもらって、髪も結（ゆ）ってもらった。

　ちなみに、わたしがピンクベースで、幸花ちゃんは明るめのブルーの浴衣。

　どちらも大きな花（か）が描かれていて、色違いらしい。

　花火大会は、ここの近所ではかなり有名らしくて、夏休みなので人の数がまあまあ多いということで。

「薫くんのおばあちゃんの家から花火が見えるなんて、ラッキーだよね〜」

　旅館の裏側に天木くんのおばあちゃんの家があって。

　そこが花火がすごく綺麗に見える穴場らしい。

「旅館にまで泊めてもらって、浴衣も着せてもらって、花火も見れるなんて幸せすぎるよ」

「わたしも陽依ちゃんとプチ旅行みたいなのできてうれしいよ〜！」

　にこにこ笑ってる幸花ちゃんめちゃくちゃ可愛い……！

　普段の幸花ちゃんも可愛いけど、浴衣着て髪も可愛くしてもらって、いつもより可愛さ10割増しだよ！

　そう思っていたのは、わたしだけじゃなかったみたいで。

「幸花たち着替え終わった？」

「あっ、薫くーん！　今ちょうど終わって待ってたところだよ！」

　わたしたちが浴衣に着替えてる間、瑞月くんと天木くんは旅館のほうに荷物を運んでくれていた。

　タイミングよくこっちに戻ってきたみたい。

　幸花ちゃんが笑顔で天木くんのもとに駆け寄ると。

「はぁ、なんで俺の幸花はこんな可愛いのかな」

　相変わらず幸花ちゃんラブな天木くんは、頭を抱えちゃってる。

「浴衣ね、陽依ちゃんとお揃いなんだよ〜？　髪型もね、同じにしてもらったの！」

「うん、もうすごく可愛いよ。瑞月以外の男がここにいな

くてよかったよ」

　ふたりとも変わらずにラブラブで羨ましいなぁって、見
ていたら。

「うぎゃっ……どうしたの、みつくん！」

　急に後ろからガバッと抱きつかれてびっくり。

「何その浴衣」

「似合ってない、かな」

「死ぬほど似合ってる。今すぐ脱がしたいくらい」

「ぬ、ぬがっ!?」

　今日の瑞月くんのテンションが、いまいちつかめない。

　車の中では、ずっと寝てたし。

　機嫌が悪いのかなぁと思ったけど、天木くんいわく「ど
うせだったら陽依ちゃんとふたりがよかったとか思ってる
んだろうね」なんて。

「……なんでひよそんな可愛いの。俺の心臓止めたいの？」

「え、えっ！　そ、そんなつもりはないよ！」

「……ひよはそーゆーつもりなくても、俺はひよの可愛さ
にやられてるよ」

　ストレートにガンガン可愛いって言ってくるから、わた
しの心臓も止まりそうなくらいだよ。

　すると、この様子を見ていた天木くんが。

「瑞月、そんなセミみたいに陽依ちゃんに引っ付いてたら
花火見れないよ？」

「薫うるさい黙って。ってか、俺の可愛いひよ見ないで」

「はいはい。もう花火上がるから、こっち座ったほうがい

いんじゃない？」

　瑞月くんがベッタリ引っ付いたまま座ると。

　今度は横からギューッと抱きついてくる。

　夏の夜だから、ちょっとだけ蒸し暑い。

　花火が上がるまであと少し。

　うちわをもらったので、パタパタ扇いでいると。

「ひょいい匂いするね」

「んえ？　そうかな？」

「甘い匂いする」

「み、瑞月くんも香水のいい匂いするよ」

「そう？」

「うん。この匂いすごく好き……っていうか、瑞月くんの匂いだから好き……かな」

「……」

　あれ、急に黙り込んじゃった。

　わたし何か変なこと言ったかな。

「……はぁ、無理。もう我慢しない」

「へ……っ」

　幸花ちゃんたちがいるほうを向かないように、バレないように。

　うちわでさりげなく隠して。

「……そんな可愛いこと言うのダメ」

　軽く唇が触れた。

　すぐそばに、ふたりがいるっていうのに。

　わずかに触れて、惜しむように離れていった。

　ちょっと伏せた目で、暗闇（くらやみ）に笑みを浮かべて。

「……ひよが可愛いこと言うから」

「な……っ、ぁ、ぅ……」

　ボッと音を立てて、一瞬で顔が赤くなったような感覚。

　不意打ちの可愛いとキスは、心臓に悪いどころじゃない。

　慌ててうちわで顔を隠そうとしたら。

「ダメだって。ひよの可愛い顔見られなくなる」

　わたしたちだけの空間じゃないのに、瑞月くんがそういう甘い雰囲気にもっていこうとするから。

「そこのおふたりさん。そういう甘々な雰囲気は部屋に戻ってからにしたらどう？　特に瑞月は人前なんだから、ちょっとは抑えたら？」

「はぁ……薫ってほんといい雰囲気ぶち壊すの得意だね」

「人聞きの悪いこと言わないでほしいね。逆にこんなところでスイッチ入って暴走したら困るでしょ？」

「俺の機嫌損ねるのも得意だね」

「もっと理性的になりよ。陽依ちゃんが可愛いのはわかるけど」

「薫にはひよが可愛いってことわかんなくていい。ってか、わかるとか意味わかんないし」

「はいはい。ほら花火上がり始めたよ」

　最後らへんは天木くんが投げやり。

　瑞月くんはいろいろ言われたのが気に入らないのか、拗ねてわたしにギュッと抱きついたまま。

　せっかく夜空に大きな花火が上がってるのに、全然花火

を見てなくて。

　わたしのほうを見てるか、もしくは抱きついたまま顔を伏せたり。

「えっと、せっかくだから瑞月くんも花火見ない？」

「花火よりひよ見てるほーがいい」

　すると、これを聞いていた天木くんがすかさず。

「ははっ、相変わらず瑞月は頭いかれてるね」

「薫は今すぐやられたいの？」

「それは勘弁かな。俺は幸花と花火楽しんでるから」

　このふたり、ほんとに仲がいいのか謎だよ。

　いつもこうやってバチバチしてるし。

　幸花ちゃんは何も気にせずに「たまや～！」って叫んでるし。

　わたしは花火を見ながら、瑞月くんのことも気にかけて。

　星が輝いて見えるくらいの夜空に打ち上げられた花火は、いろんな色の花を咲かせて。

　ずっと見ていたくなるほど、とっても綺麗。

　こんなふうに、瑞月くんとまた思い出がひとつ増えてうれしいなって思うと同時。

　……こうして、これから先も隣にいられたらいいのにって、胸の中でひそかに思った。

　花火が終わって、旅館に戻ってきた。

　今回は4人なので、2部屋取ってくれているらしい。

　部屋の鍵をロビーで受け取ることになったんだけど。

「はい、これが陽依ちゃんと相沢くんの部屋の鍵！」

「え??」

　手渡された鍵を見て、目をパチクリ。

　あれ、あれれ。

　てっきり幸花ちゃんと同じ部屋だと思ってたのに。

　ん？　というか、ちょっと待って。

　幸花ちゃん今、誰と誰の部屋って言った??

「もう荷物は運んであるみたい！　露天風呂もあるから、あとで陽依ちゃんの部屋に誘いにいくねっ！」

「ちょ、ちょっとまって幸花ちゃん！」

「うわっ、どうしたの！」

　慌てて幸花ちゃんの腕をグイグイ引っ張る。

「わたしと幸花ちゃんが同じ部屋じゃないの!?」

「うん！　ほら、やっぱりここは恋人同士が同じ部屋のほうがいいと思って！」

　いやいや、幸花ちゃんたちは恋人同士かもしれないけど、わたしと瑞月くん仮なんですけど！

「ほらほら、相沢くんも待ってるし！　わたしは薫くんのところ行っちゃうね！　ふたりでたくさん楽しい時間過ごしてね〜♡」

　なんて、テンション高めで幸花ちゃんは天木くんと自分たちの部屋へ。

　取り残されたわたしは、とりあえず瑞月くんのもとへ。

「えと……部屋の鍵、です」

「俺とひよの？」

「う、うん」

　すると、わかりやすくズーンと頭を抱えちゃってる。

「はぁ……完全に薫にはめられた気がする」

「え？」

「一晩中ひよが同じ部屋にいるとか、半殺しどころの話じゃ
ないんだって」

「え？」

　ダメだ、わたしさっきから同じことしか言ってないよ。

「無理……ぜったい俺の理性100パーセント死ぬ」

　どうやら、死ぬほどわたしと同じ部屋が嫌みたい……。

　それはそれでショックだよ。

　はっ、もしかして、仲良しの天木くんと同じ部屋なの期
待してたのかな？

「み、みつくんごめんね、わたしと同じ部屋で。ほんとは
天木くんと同じがよかったんだよね？」

「……は？」

「ふたりともよく口喧嘩してるけど、仲良いもんね」

「いや、ちょっとまってひよ。なんか誤解してる」

「え？」

「はぁぁぁ、なんでそんな鈍感なの」

　吸った息よりも、吐いた息のほうが多いんじゃないかっ
てくらいの深いため息。

「俺は別に薫と同じ部屋がよかったわけじゃないよ」

　あれ？？　どうやら思っていたことは的を外したみたい。

「ひよと一緒はうれしいけどさ……。ただ、俺ぜったい我

慢とかできないし」

「瑞月くん何か我慢してるの？」

「……そこは聞かないとこでしょ」

「えぇ、教えてくれないとわかんないよ！」

「はぁ……俺、今日の夜寝れないってことね」

　瑞月くんがひとりで完結しちゃって、部屋のほうへ。

　部屋は和室。広々とした空間で、ふすまで部屋が仕切られて、普段とは違う雰囲気。

　ごはんとお風呂まで少し時間があるので、部屋でゆっくりすることに。

　とりあえず、浴衣から着替えようとしたんだけど。

　ここで緊急事態が発生。

　帯をどうやってほどいたらいいのか、そもそも浴衣ってどうやって脱ぐの……!?

「み、みつくん大変……っ！」

「なに、どーしたの」

「ゆ、浴衣が脱げない、です……」

「は？」

　慌てて瑞月くんに助けを求めにいったら、またまた頭を抱えちゃって。

「いや、それで俺にどーしろと」

「えと、脱ぐの手伝ってほしいなって」

「ひよは俺のこと殺したいの？」

「んえ？」

　なんでそんな大変なことになっちゃうの！

「どう考えたって誘ってんじゃん」

「……？」

「はぁ……。ひよにそーゆー気はないんだろうけどさ」

　すると、仕方ないって感じで瑞月くんがわたしの背後に立って。

「……こんな誰も邪魔の入らないところなのに」

　腰のあたりに手を添えられて、ちょっとずつ浴衣の帯がほどかれていく。

　少しの間、瑞月くんに任せてジッとしていたら。

「……帯ほどいたから。あとは浴衣脱ぐだけでいーよ」

「あ、ありがとう。やっぱり瑞月くんは器用だね」

　お礼を言って、そばを離れようとしたら。

「……ってか、こんな状況で手出さないほうが無理でしょ」

「へ……？」

　グイッと腕を引っ張られて、あっという間に瑞月くんの腕の中に逆戻り。

　帯が床に落ちていって。

「ひゃぁ……っ、みつくん……」

　浴衣の襟元から瑞月くんの手が中に滑り込んでいく。

　肌をゆっくり撫でて。

　首筋のあたりにキスを落として、甘い刺激を止めてくれない。

「……無意識に煽ってんの、ひよだからね」

　身体をくるりと回されて、向き合ったと思ったら。

　間髪入れずに、何も言わずに唇を塞いでくる。

「んんっ……ぅ……」

　また、甘くて溶けちゃいそうなキス。

　あっという間に甘さが全身に回ってるような感覚。

「ひよ……口もっとあけて」

「ふぁ……ぅ……」

　瑞月くんの言いなり。

　キスしてるときは判断力がかなり鈍（にぶ）ってる。

　瑞月くんの甘い攻め方には、いつもかなわない。

「ひよも俺のキスにこたえて」

「む……り……っ」

「無理じゃないでしょ。言うこと聞かないなら、ずっと塞いだままだから」

「んん……っ、やぁ……」

　何度もキスしてるのに、全然慣れないせいで、すぐに息が苦しくなる。

　わずかに唇が離れた瞬間に呼吸を整えようとするのに、瑞月くんがうまいこと邪魔してくる。

　しだいに意識がボーッとして、自分の身体を支えることもできなくて。

　キスしたまま、へなへなっと足元から崩れてく。

　床に座り込んでも、キスは止まらない。

　ほんとに限界で、瑞月くんの胸をポカポカ叩くと。

「はぁ……、やば。浴衣はだけてんのエロすぎるね」

「ん……っ」

　少し上から見下ろしてくる瑞月くんは、とてもイジワル

そうに、妖艶に笑ってたの。
「浴衣から見える肌とかいいね。噛みつきたくなる」
　フッと笑った顔が見えたと同時に、首元に顔を埋められてチクリと痛かった。
　チュッと何度も音を立てて、舌で舐めたり軽く吸ったり。
　その間も、瑞月くんの手は止まってくれない。
「やっ、そんなところ触らないで……っ」
　下から上になぞって、ただ触れられてるだけなのに身体がおかしいくらい反応しちゃう。
「ひよがそんな可愛い声出すから抑えきかない」
　まだ満足いってないのか、自分の唇をぺろっと舐めて、またキスしてくる。
　浴衣が肩から滑り落ちて、スルッと脱げそうになる。
「ぅ……み、つくん……っ」
　唇をわずかに動かしても、うまいこと追いかけて塞いでくる。
「……このまま脱ぐ？」
　ぜったいダメなのに、抵抗する力なんて全然残ってない。
「……でも、俺けっこー着たままのほうがすきかも」
「へ……っ」
「ひよは脱ぎたい？」
「なっ……、脱ぎたく、ない……っ！」
　かなり今さらだけど、はだけた胸元を隠すように浴衣をクシャッとつかむ。
「じゃあ、着たまましる？」

「す、する……？」

　って、いったい何を？

　はてなマークを頭の上に浮かべて、首を傾げると。

　瑞月くんがクスッと笑いながら、わたしの両手を簡単につかんだ。

　そのせいで、胸元をうまく隠しきれない。

「キスより先のこと」

　一瞬理解するのに時間がかかったけど、なんとなくぼんやりと、わかるような気がするの。

「……ひよはしたくない？」

　それをわたしに聞くのはずるいよ。

　わたしは瑞月くんが好きだけど、瑞月くんはわかんないから。

「……いつか、ひよも彼氏できたらそーゆーことするでしょ」

「だ、だからって、いま瑞月くんとする……の？」

　キスより先なんて大人な世界は今のわたしじゃ、まったくわかんないこと。

　手をつなぐのだって、抱きしめられるのだって。

　キスだって、それ以上だって。

　ぜんぶ、はじめては瑞月くんがいいよ。

　だけど、気持ちが手に入らないなら、キスよりもっとはダメだって。

「……俺は、ぜんぶ陽依がいいよ」

「っ？」

「キスも、キス以上のことも」

　瑞月くん好きな子いるくせに……。

　おまけに、はぐらかすようなキスを落として。

　また甘いキスに溺れそうになる寸前——。

　部屋の扉がコンコンッとノックされた。

「み、つくん……っ、誰か来てる……っ」

「いーよ、そんなの無視すれば」

　何度もノックされてるのに、キスをやめてくれない。

　すると、今度は机の上に置いていたスマホがブーブー音を立ててる。

　キスされながらチラッと画面を確認したら、幸花ちゃんからの着信。

　さっきお風呂に行くとき迎えに行くねって言っていたのを、ふと思い出して。

　とっさに目の前にいる瑞月くんの身体をグイッと押し返した。

「そ、外にいるの幸花ちゃん、かも……！」

「うん、だから？」

「む、無視するのダメだし」

　すると、今度は瑞月くんのスマホがブーブーッと鳴っている。

「はぁ……薫じゃん」

　ということは、幸花ちゃんと天木くんが外にいるのかもしれない。

　慌てて部屋の扉を開けようとすれば。

「待って、ひよ。その格好アウトでしょ」

「へ？」

　ふと、目線を下に落とせば。

「っ!?」

　とても外に出られる状態じゃなくて。

　すぐにパッと下にしゃがみ込んだ。

「うぅ、みつくんのせいだよ……っ！」

　まだ浴衣から着替えてる途中だってこと、すっかり忘れてた。

「だって、ひよが誘うような声出すから」

　急いで着替えをすませて、幸花ちゃんと天木くんは部屋の外で待っていてくれたみたいで。

　やっぱり、お風呂に誘いに来てくれたらしく。

「陽依ちゃんもしかして寝てたっ？　疲れちゃったのかな？」

「あっ。う、うん！　ちょっと奥の部屋で寝てて。ごめんね、気づくの遅くて」

　幸花ちゃんとふたり、露天風呂に浸かってそんな会話をする。

「なんだぁ、てっきり相沢くんとイチャイチャしてて部屋から出てこれないのかと思ってたのに〜！」

　す、鋭い……！

　あまり動揺しないように、というか顔を隠すように湯船に顔をバシャンとつけると。

「あれ〜、陽依ちゃんもしかして図星!?」

「うぅ……」

「そうだよね～。邪魔する人とか誰もいないもんね～！ そっかぁ、ふたりともうまくいってるみたいでよかった！」

「う、うまくいってるのかはわかんないよ」

「ええ、付き合ってるのに？」

「そ、それは仮みたいなやつで。わたしが彼氏欲しいって言ったら、瑞月くんが仕方なくなってあげるみたいな」

「ほんとに仮なのかなぁ？　だって、仮で付き合ってる相手にキスとかする？」

「へっ!?」

「花火のとき、ふたりがこっそりキスしてたのわかったよ？ ほんとにラブラブすぎて、こっちが見て見ぬふりするの大変だったんだよ～？」

「うぬ……っ」

「もう完全に相沢くんは陽依ちゃんのこと好きだよ！　好きじゃない子にキスすると思えないし！」

「そ、それはどうなのかな……」

「ほらぁ、陽依ちゃんすぐネガティブにならないの！　ポジティブ思考大事！」

　せっかく瑞月くんと幼なじみよりもっと先に進んでるはずなのに、すぐネガティブ発動しちゃう。

　だって、本物の恋人同士ってわけじゃないし。

　だから、モヤモヤしちゃう。

「それに、今夜ふたりっきりなんだから、思いきって陽依ちゃんから好きって気持ち伝えてみなよ！」

「えぇ!?」

　そんな展開まったく考えてなかったよ!?

「そうだよ、そうしよう〜！　それか陽依ちゃんが相沢くんのこと誘惑して、うまいこと言わせちゃうとか〜！」

　こうして、幸花ちゃんがものすごく張り切っちゃって。

　旅館で用意してもらった浴衣に着替えて。

「浴衣はちょっと鎖骨が見えるくらいに、ゆるく着るほうがいいかも！　お風呂上がりの火照ってる感じすごく大事だから！」

　髪はゆるく後ろでまとめてるのがいいらしくて。

　おまけに唇がうるっとするように、透明のグロスを塗ってもらった。

「まとめてる髪ほどくとね、シャンプーの匂いがふわ〜っとするから！　そのまま陽依ちゃんが上目遣いで見つめちゃえば、相沢くんもイチコロ間違いなし！」

　まさか幸花ちゃんがこんなにいろんな知識というか、テクニックみたいなの持っててびっくりだよ。

　普段、天木くんはこんな感じで小悪魔な幸花ちゃんに振り回されてるのかな。

　ぜんぶ準備ができて部屋に戻ってみれば。

「……ひよ遅い。心配したじゃん、全然戻ってこないから」

　なんでか電気もつけないまま。

　でも、奥のほうの大きな窓から入ってくる月明かりのおかげで、完全に真っ暗ではない。

「あっ、ごめんね。幸花ちゃんといろいろ話してたら遅く

なっちゃって」

　慌てて瑞月くんがいるほうへ駆け寄ってみたら。

　瑞月くんもわたしと同じように旅館の浴衣を着てた。

　まだ髪が乾いていないのか、しっとり濡れていていつもより色っぽい。

「……俺の相手する時間、減ったじゃん」

「へ？」

　気づいたら瑞月くんの腕の中にすっぽりおさまってる。

　ふたりっきり、邪魔も入らない、静まり返った空間、近すぎる距離。

　こんなの何も意識しないほうが難しくて。

「……俺が満足するまで相手して」

　強引に唇が塞がれた。

　最初は軽く触れるだけのキス。

　でも、瑞月くんはこれだけじゃ満足してくれない。

　ちょっとずつ唇を動かして、誘うように口をこじあけようとしてくる。

「ん……っ、ふぅ……」

　唇を軽く吸うように何度もキスして。

　少しでもキスから逃げようとすれば、すぐに阻止してくるから。

　あっという間に酸素が足りなくなって、息がうまくできなくなる。

　キスは何度しても慣れない。

　瑞月くんが相手ならなおさら。

　ドキドキしながら唇から触れ合う熱のせいで、どんどん溺れて堕ちていく。

「み、つ……くん……っ」

　キスの合間。

　なんとか名前を呼べたけど、そんなので止まってくれるわけなくて。

「……ちゃんと口あけなきゃダメでしょ」

　無理やり口をこじあけられて、息を吸い込んでスッと冷たい空気が喉をとおる。

　もっと、ちゃんと息を吸って、呼吸を整えたいのに。

「……そのままあけて」

「んんっ……」

　後頭部に瑞月くんの手が回って、また唇が塞がれる。

　まだ、呼吸整ってないのに……っ。

　苦しい中で、何をどうしたらいいかもわかんなくて。

　ただ、無意識に瑞月くんの浴衣をギュッと握る。

「ひよの可愛い唇ぜんぶ食べたいくらい」

「ふっ……ぅ……」

　言葉どおり、まるで唇をぜんぶ食べちゃうようなキス。

　ついに限界がきて、脚にまったく力が入らなくてガクッと崩れそうになる。

　でも、瑞月くんの手が腰に回ってたおかげで、バランスを保つことができた。

「……キス、気持ちよすぎて力入んない?」

「ぅ、……わかん……ないっ」

　クラクラする意識の中、ぜんぶを瑞月くんにあずける。

　すると、そのままふわっと抱き上げられた。

　力がグタッと抜けて、されるがまま。

　どこに連れて行かれるのかと思ったら、またキスがたくさん降ってきて。

　わたしをお姫様抱っこしたまま、器用にキスしてくるから意識がぜんぶそっちに集中しちゃう。

　ギュッと目を閉じてる間も、唇に触れてる熱は広がっていくばかり。

　耳元で襖が開くような音がして、それを気にしていられたのは一瞬。

　身体がおろされたのがわかる。

　手をつくと、ふわっとしたやわらかい感触。

　ゆっくり瑞月くんがわたしのほうに体重をかけて、その間も唇は離してくれない。

「んぅ……もう、くるし……っ」

　息が少しあがって、悲しくもないのに涙までジワッとたまる。

　身体が倒されて、真上に覆い被さってる瑞月くん。

　その直後、キスが止まった。

　息を整えながら真横に目線を向ける。

　ここどこ……？

　ぼんやり灯りがついた間接照明が見えて。

　同時に布団の上に押し倒されてるって気づいた。

「みつ、くん……？」

　これは、たぶんとても危険な状況。

　いくらバカなわたしでも、これから何をするかってちょっと考えたらわかること。

　でも、押し倒されたまま、また唇が重なったせいで何も抵抗できない。

　もう、これ何度目のキス……っ？

　瑞月くんの危険なスイッチが、入っちゃったような気がする。

　きっと止められない。

　さっきも、ぼんやり映る瑞月くんの瞳はかなり熱を持っていた。

　今も、キスがさっきよりもずっと強引で激しくて。

「んっ……んんっ……ぁ」

　触れるキスどころか、隙を見つけて生温かい舌がスルッと入り込んで熱をどんどん上げてく。

　さっきからキスばっかりで、その刺激のせいで身体が熱くて変な感じがする。

　キスに夢中で気づかなかったけれど、急にお腹のあたりにヒヤッと冷たい空気が触れた。

「え……っ、や……っ」

　自分の身体に目線を落としたら、浴衣の帯がほどかれて素肌（すはだ）が露（あら）わになっていた。

　急に恥ずかしさに襲われて、手で隠そうとしたけど、両手を押さえつけられてできない。

　キスより先、ほんとにしちゃうの……？

　まだ正常な理性が残ってる。

　ここで拒否しないとぜったいダメ。

　流れのままにしちゃったら後悔する。

　頭の中で、うるさいくらいに警告音〔けいこくおん〕が鳴り響いてる。

「……もっと、ひよの可愛いとこ見せて」

「っ……」

　色っぽい、熱っぽい囁き。

　それにぜんぶ呑〔の〕み込まれそう。

　堕としにかかるように、耳のあたりを攻めて。

　吐息がかかって、腰のあたりがピクッと跳ねる。

　動こうとしても、瑞月くんの身体が上にあるせいで、びくともしない。

　そのまま瑞月くんの手が背中のほうに回ってきた。

　肌に直接触られているせいで、くすぐったいし、耳元の刺激も止めてくれない。

「はぁ……っ、もうやめて……っ」

　たぶん、この声は聞こえてない。

　どうしようって焦ったとき。

「ひゃぁ……っ」

　瑞月くんの指先が、パチンッと何かを外した。

　その瞬間、胸の締め付けがゆるんだ。

　今度は胸元にキスが落ちてくる。

　キスより先なんて、相手は瑞月くんがいいけれど。

　気持ちがわからないまますするのは、やだよ……。

　キスまでして、散々流されてるくせに、今さらこんなこ

と思うなんてわたしも相当頭悪いかもしれない。

　でも、これ以上はぜったいしちゃダメ……。

　ないに等しい力で、瑞月くんの身体を押し返した。

　そしたら急に、瑞月くんが我に返ったようにハッとした顔を見せた。

　こんなに余裕のない瑞月くんを見たのは初めて。

「みつくん……？」

　瞳にたまってた涙がツーッと目尻をつたって、視界がボヤッとしてる。

　すると、急にガバッと浴衣をもとに戻されて、おまけに布団も被せられた。

「……ごめん。ちょっと……いや、かなりやりすぎた」

　珍しく余裕のない瑞月くんが、頭を抱えて謝ってきたからびっくり。

「……ひよを目の前にすると、ブレーキのかけ方わかんなくなる」

「え、えっと……」

「ここまでするつもりなかったんだけど、ひよの可愛い声聞いてたら理性飛んでた」

　はぁ、とため息をついて、いつもの瑞月くんらしくない。

　しまいには。

「……ごめん。ちょっと頭冷やしてくる」

「えっ。ま、まって」

　部屋から出て行こうとするから、とっさに呼び止める。

　でも、瑞月くんは、こっちを向いてくれない。

「今ここでひよといたら、また手出しそうになるから」

「そ、外に行くの？」

「……さすがに同じ部屋にいるのはきついから。ちょっと
外に出てくる」

「え、あっ、じゃあわたしも一緒に行っちゃダメ？」

「……は？」

　瑞月くんが外に行ったら、ひとりになっちゃう。

　それが嫌で。

「あ、あんまり瑞月くんのそばに近寄らないから、一緒に
行っちゃダメ……？」

瑞月くんの読めない気持ち。

　部屋を出たわたしたちは、近くにある海のほうへ。

「瑞月くん、どこまで行くの？」

「……」

　さっきから黙り込んだまま。

　前をスタスタ歩いて行っちゃうけど、さりげなくわたしの歩幅に合わせてくれてる瑞月くんは、やっぱり優しいの。

　目の前の大きな背中を追いかけるように、少し小走りであとをついていく。

　ずっとお互い無言で歩き続けること15分くらい。

　海のかなりそばまできた。

　ただ、足場は砂浜とかじゃなくて岩がいっぱいのところ。

　軽率に滑りやすいサンダルで来ちゃったことに、ちょっと後悔してる。

　だって、まさかこんな岩がたくさんある足場の悪いところに来るなんて思ってなくて。

　ザーッと波が勢いよく岩にぶつかって、それが跳ね返される音が聞こえる。

　瑞月くんはというと、ボーッと夜空を眺めたまま。

　かと思えば。

「ひよ、手貸して」

「え？」

「ここ滑りやすいから」

　そう言って、優しくそっと手を握ってくれる。

　今日の瑞月くんは、暴走したり、黙り込んだり、優しくなったり、いろいろ忙しい。

　つかみにくいのはいつものことだけど、今日はより一層(いっそう)つかみにくい。

　日が明るいときの海は青くて綺麗だけど、夜の海は真っ黒で、呑み込まれたらって思うとちょっと怖い。

　反射的に瑞月くんの手を強くギュッと握ったら、同じくらいの力で握り返してくれる。

　この動作ですら、心臓がドキッといちいち音を立てるから困るの。

　ふと、瑞月くんと同じように夜空を見上げる。

　好きな人と夜の海で星空を見るなんてロマンチックとか思っちゃうわたしの頭の中は、どこまでもお花畑。

　外は真っ暗だけど、今日は月がとても綺麗で、その明かりだけで周りが照らされるほど。

　チラッと横目で瑞月くんを見れば、綺麗すぎるくらいの横顔が映る。

　ほんとになんとでもない瞬間。

　なんでかわからないけど。

　あぁやっぱり、わたしは瑞月くんのことが好きで仕方ないんだって、あらためて思った。

　波の音だけが聞こえて。

　真っ暗の闇の中で、わたしたちを照らしてくれるのは星と月だけ。

雰囲気だけが妙（みょう）に先に走ってるような。

「……こーやってさ、昔ひよとふたりで抜け出したことあったよね」

たぶん、かなり幼い頃のこと。

家族ぐるみで、こうやって旅行とかキャンプによく行って、両親に内緒で瑞月くんと夜に抜け出したこともあったっけ。

ぼんやりと、その頃の記憶が浮かんでくるけど。

あんまりはっきり思い出せない。

この話を始めたと同時に、瑞月くんの横顔がほんの少しだけ崩れた。

何か言いたそうだけど、言えないような。

しいていうなら、不安と……どうしようもないような表情をしていた。

「……思い返してみたら、俺なんも変わってない」

「……？」

「ひよのこと、いちばん近くで守ってなきゃいけないのは俺なのに」

急にどうしたんだろう？

瑞月くんが、どんどん悲しそうな顔をしていく。

「ひよのそばにいたいのに」

まるで、そばにいちゃいけないみたいな言い方。

瑞月くんがそばにいたいと思ってくれてるのは、幼なじみとして……？　それともそれ以上……？

「曖昧な関係でしかつなぎ止められないなんて、ほんとダ

メなことばっかしてる」

「み、みつく――」

「ただ……ひよのこと、ほんとに手放したくない」

　そんなこと言われたら、気持ちがぶわっと溢れてきそうでこわい。

　言ってしまったら最後。

　気持ちが通じ合わなかったらおわり。

　だけど、こんなに期待させるような言葉を並べられたら、嫌でも期待しちゃう。

　こうやって手をつないだり、抱きしめたり、甘いことしたり、キスしたり――。

　ぜんぶ、わたしに少しでも好きって気持ちがあるんじゃないかって思っちゃうよ。

　そんなの期待するだけ無駄って言い聞かせても、結局期待しちゃうよ単純だから。

　でも、瑞月くんは好きって言ってくれない。

　だったらもう――。

「みつくん……すき、だよ」

　何年も言葉にできなかったことが、ほんとにあっさり口からこぼれた。

　あまりに唐突で、何も考えずに言ったことに自分がいちばんびっくりしてる。

　たぶん、いろいろもどかしさが募ったせい。

　仮で付き合ってるだけなのに、甘いこと言ったりキスしたり触れてきたり。

なのに、瑞月くんは好きって言ってくれない。

それにちょっと前に言ってた、好きな子がいるって。

その子とは、どうなってるのとか。

やっぱり、わたしはいつまでも幼なじみのままなのとか。

だんだん、瑞月くんの気持ちが読めなくなってきた。

同時に、複雑な気持ちを抱え込むようになったせい。

「……陽依」

答えを聞かせてくれない瑞月くんが——いちばんずるい。

何も言わずに、そっと唇が重なった。

さっきみたいな甘いキスじゃなくて、ほんとにわずかに触れるだけのキス。

まるで……気持ちを隠すみたいな。

きっと、瑞月くんは返事をしてくれない……直感でそう思った。

それは見事に的中して。

月明かりの下で照らされた瑞月くんの表情は悲しそうで、思い詰めたようだった。

やっぱり、好きなんて言ったのが迷惑だったのかな……。

おとなしく幼なじみとしてそばにいたらよかったのに、欲張ったのがいけなかったのかな。

「みつく……っ」

あぁ、また。名前を呼んだら唇を塞がれた。

まるで、それ以上喋らないでって態度で示されているみたいで。

勝手に悲しくなってくる。

　嫌いなら、はっきり振ってくれたらいいのに。

　やっぱり瑞月くんの考えることは、わたしなんかじゃ到(とう)底(てい)わかりっこない。

　気持ちがしぼんで、同時にモヤモヤがどんどん膨らんでいく。

　今さらすぎるけど、こんな気持ちの入ってないキスなんかされてもむなしいだけ……。

　ふと我に返って、目の前の瑞月くんの身体をものすごい力で押し返した。

　その反動で身体のバランスを崩したのは、瑞月くんじゃなくてわたしのほう。

　グラッと視界が揺れて、身体が後ろに倒れてく。

　足場が悪いせいで、体勢を立て直すことはほぼ不可能。

　バランスを崩す寸前に、片方の足首をグキッとくじいて。

　このまま岩の上に身体を打ちつけると思って、ギュッと目をつぶると。

「陽依……っ」

　間一髪……。手をつかまれて、ものすごい力で引かれて。

　あっという間に瑞月くんの腕の中。

「はぁ……、あぶな……」

　耳元で聞こえてくる、あきらかに早い心臓の鼓動。

　これは、わたしのじゃなくて瑞月くんの音。

　わたしの身体を抱き止める腕も、少しだけど震えてるような気がする。

　そりゃ、そっか。目の前で人が倒れそうになれば誰だっ

て焦るよね。

　きっと、わたしだから心配してくれてるんじゃないって思っちゃう。

　ひねくれてる……かな。

「もう……大丈夫……だから」

　いつまでも優しく抱きしめないで。

　わたしバカだから、また期待しちゃう。

　瑞月くんの身体を強く押し返したら、スッと離れた。

　ほんの少しだけ、いつもの瑞月くんと違うような気がするのは、気のせい……？

　今も何かを思い出すように、思い詰めたような顔をしてるから。

「わたし、先に部屋に戻るね」

　告白もキスも。

　ぜんぶ無かったことにできたらいいのに——なんて思いながら背を向ける。

　ひとりで戻ろうとしたのに失敗。

　さっきひねった足が、ものすごく痛い。

　よく見たらひねっただけじゃなくて、岩で足を切ったみたいで、少し血が出てる。

「……ひよ、待って。足ケガしてる」

　あっけなく気づかれちゃうし。

　足だって痛いけど、それよりもっと胸のほうが痛いんだよ……？

　瑞月くんが、はっきり気持ちを伝えてくれたら、それで

ぜんぶおわることなのに。

「だ、大丈夫だから……っ。これくらい、ひとりで歩けるし、旅館まで戻れるから」

「……ぜったいダメ。俺が連れてくから乗って」

　そう言って、わたしの前にきて背中を向けてくる。

「いい……っ。ひとりで帰れる……っ」

「ダメ。そんなの俺が許さない」

「み、瑞月くんにはカンケーな――」

「陽依」

「……っ」

「お願いだから俺の言うこと聞いて」

　今回ばかりは瑞月くんが折れてくれない。

　走って逃げようにも、足をケガしてるから無理だし。

　そう思って、おとなしく瑞月くんの背中にすべてをあずけて乗った。

　お互い特に会話することもないまま。

　すごく複雑な気分。

　だって、わたし好きって言ったのに。

　返事がなくて。

　でも、はっきり嫌いって言われたわけでもなくて、だけど好きって言われたわけでもなくて。

　はぁ……これから先どうやって瑞月くんと接していったらいいの……？

　何もなかったように今までどおり幼なじみとして？

　それとも、ちゃんと返事聞かせてよって迫るの？

　頭の中はグルグル。胸の中はモヤモヤ。

　同時に、目の前の瑞月くんの大きな背中が落ち込んでるように見える。

　さっきから何度も感じていた、いつもの瑞月くんと違うところ。

　いま顔は見えないけれど、たぶんさっきと同じように何か思い詰めてるような顔をしてる気がする。

　わたしが好きって言ったのを気にして悩んでるのかな。

　浅はかな考えしか持ってないわたしは、こんなことくらいしか思いつかなくて。

　でも、ほんとは。

「……俺また前と同じことしてる」

　瑞月くんのほうが、もっと複雑な思いを持っていたなんて——このときのわたしは知るよしもなかった。

第 4 章

月希先輩の誘惑。

夏休み明け。

わたしと瑞月くんとの間で、わかりやすいくらいに溝が
できた。

夏休み、幸花ちゃんたちと４人で出かけたあの日から。

瑞月くんは、あからさまにわたしと距離を取るように
なった。

やっぱりわたしが好きって言ったことで、今までの関係
が壊れちゃったのかなって。

結局、瑞月くんから返事はないまま。

夏休みも、いつもならほぼ毎日のように顔を合わせて一
緒に過ごしていたのに。

頑張って、わたしのほうから連絡を取ってみたりもした
んだよ。

でも、瑞月くんが忙しくて会えないって。

あぁ、避けられてるんだなって自覚して、それから自分
から話しかけることなんかできなくて。

「うぅ……もうわたし完全に振られちゃったのかなぁ……」

「そんなことないよ！ あの相沢くんに限って、陽依ちゃ
んのこと振るなんて！ 地球が滅亡するくらいありえない
よ！」

放課後。

幸花ちゃんに最近あったことを相談。

　いつもなら瑞月くんと帰るところだけど、最近はひとりで帰ることが多かったり。

　一緒に帰っても沈黙だし。

「はぁ……こんなあからさまに避けられちゃったら落ち込むよぉ……」

「うーん、相沢くんも急にどうしたのかな。あんなに陽依ちゃんだけ溺愛してたのに」

「やっぱり瑞月くんにとって、わたしはただの幼なじみでしかなかったのかな」

「それは違うよ！　だって、相沢くんほんとに陽依ちゃんのことだいすきで大切にしたいっていうのが伝わってくるもん！」

「でも、瑞月くん好きな子いるし……」

　ネガティブ思考炸裂。

　そりゃ、何十年も片想いしてた人に告白して、返事もらえなかったら落ち込むよ。

「それはいまだに謎だけど！　どう考えても、その好きな子が陽依ちゃんとしか思えないよ〜」

「それは、たぶんないよ」

　いっそのこと、瑞月くんの好きな子がはっきりわかれば諦めつくのかな。

「でもさ、陽依ちゃんが告白したのに返事を何もしてこなかったのが気になるよね。何か思い詰めた顔してたのも、もしかしたら相沢くん何か抱えてることがあるとか」

「抱えてること……？」

「陽依ちゃんのこと手放したくないけど、好きって伝えられない理由が何かあったりするんじゃないかなぁ」

「うーん……」

　そこまで深読みしていいものなのかな。

　単純に瑞月くんの気持ちが、わたしにないってだけの可能性のほうが大きいし。

「ぜったい何かあるんだよ！　フツーならはっきり断るはずだもん！　濁してるあたり何かあると見た！」

　幸花ちゃんは瑞月くんに何か事情があるんじゃないかって考えて、ぜったい諦めちゃダメだよって言うの。

　でもね、こうやって期待して、それをドーンって落とされたときのショックって結構大きいから。

　幸花ちゃんと教室で別れて、どんより重たい気持ちを抱えて下駄箱へ。

　ローファーに履き替えて外に出ようと思ったら。

「ねぇ、ちょっといい？」

　前を塞ぐように、突然目の前に現れた３人組。

　見るからに派手な見た目。

　メイクと髪のカールばっちり。

　校則なんて破りまくりのスカートの短さ。

　リボンの色から先輩だってわかる。

　顔を見る限り知り合いじゃない。

　あぁ、またかって思っちゃう。

　こうやって知らない女の先輩に呼び止められるのは初めてじゃない。

　そんなに仲良くない同級生にも、何人かで囲まれたこと
もあるし。
「あなた綾瀬陽依ちゃんだよね？　ちょっとわたしたちと
一緒についてきてもらってもいい？」
　そうなると、連れて行かれる場所なんてほぼ予想でき
ちゃうわけで。
　ド定番と言ってもいいくらいの、人通りがない体育館倉
庫の近く。
　ついて行かないっていう選択肢もあるけど、そうなると
あとで何されるかわかんないし。
　呼び出されてる理由も、ほぼわかりきってる。
　壁際に追い込まれて正面と左と右、逃げられないように
あっさり囲まれた。
　まさに少女漫画とかで、ありがちな光景。
「どうして呼ばれたかわかる〜？」
　たぶん真ん中の人が、いちばん怒らせたらやばいってい
うのが顔でわかる。
　かろうじてにこにこ笑ってるけど、目の奥が全然笑って
ないから。
「えっと……わたし何かしましたか？」
「はぁ？　自分がしたこともわかんないなんて、どこまで
頭の中お花畑なわけ〜？」
　相手を怒らせちゃいけないとは思いつつ、そもそも喋っ
たこともない人に何かしたとか覚えてるわけないじゃん。
「あなたさ〜、幼なじみの子と付き合ってるんでしょ〜？」

　ほら、やっぱり瑞月くん関係のこと。

「なのに、久城くんのことも狙ってるらしいじゃん？　どこまで男好きなわけ？」

「ほんと見た目おとなしそうなくせに、やること大胆だよね〜」

「自分のこと可愛いとか思ってんじゃないの〜？　だからいろんな男に手出してるんでしょ？」

　どうやら今回は瑞月くんじゃなくて、月希先輩のことみたい。

　ほんとに、ついてない。

　まるで、わたしが瑞月くんと月希先輩ふたりを狙ってるみたいな言い方。

　そりゃ、わたしみたいなのがそばにいたら、やっかみを買うのは必然で。

　しかも、女の人の厄介なところは、話が勝手に膨れていくところ。

　事実か嘘かも確認せずに、噂だけが先に走ってそれがどんどん大きくなっていくから。

　瑞月くんのときだって、こうやって呼び出されては事実じゃないことばっかり言われて、悪いのはぜんぶわたしだって責められて。

「あの……、わたし月希先輩とは何もない、です」

「何その呼び方？　そうやって下の名前で呼んでる時点で何かあるでしょ〜？　自分は悪くないですって言いたいわけ〜？　やだ、この子かなり性格悪いじゃん！」

「こ、これは、先輩に呼んでって言われたから、呼んでる
だけで……」

「はぁ？　何その言い訳。久城くんのせいにするとかずる
くない～？」

　言い返すだけ無駄かもって思う反面、いろいろ言われっ
ぱなしもやだなって。

　ただでさえ瑞月くんのことで落ち込んでるのに。

「あなたが久城くんに手を出さなければ、わたしたちと遊
んでくれる関係が続いたままだったのにさ～。ほんと余計
なことばっかしてくれるね」

　グッとリボンをつかまれて、今にもカッとなって手をあ
げられそうな状態。

「幼なじみくんともうまくいってないんでしょ～？　あな
たが一方的に付きまとってるから、仕方なくそばにいても
らってるんだって？」

「えぇ～、そうなの？　幼なじみくん可哀想（かわいそう）～。早く解放
してあげたらいいのに」

「ほんとそれ～。幼なじみくんもこんな子を相手にして疲（つか）
れるだろうね～。おまけに他の男にも手出してるとか、あ
ざといよね～」

　言いたい放題。

　瑞月くんとのことまで言われて、さらに傷口をえぐられ
てる気分。

　幼なじみだからっていうレッテルは、いつまでたっても
はがれない。

　むなしさに襲われて、悲しいわけでもないのに涙がジワッとたまってくる。

　あぁ、やだ。

　ここで泣いたら、またいろいろ言われる。

　でも、涙は自分の意思じゃコントロールできない。

「やだ～、今度は泣くの？　これじゃ、わたしたちがいじめてるみたいじゃん！　やめてよ～自分だけが可哀想な子みたいに演じるの～！」

「泣いてる自分が可愛いとか思ってそう～。やだ、計算高い～」

「言っておくけど、わたしたちがこうやっていろいろ言うのは忠告だよ？　親切にいろいろ教えてあげたんだから、感謝してほしいくらい～」

「あと自覚したほうがいいんじゃない？　久城くんがアンタみたいな子に本気になるわけないんだから。早いところ諦めてよね？」

　言い返す気にもなれない。

　ボロボロ落ちていく涙を見てることしかできない。

　いくらこうやって言われるのは慣れてるとはいえ、さすがにこんなに言われたら傷つかないわけない。

　こういう人たちには、言わせたいだけ言わせるしかないんだって諦めかけたとき。

「……あのさ、そんなところで何してるのかな？」

　聞き覚えのある声。

　あぁ、そういえば前に男の人たちに襲われそうになった

ピンチのときも助けてくれたのは……。

「その子、泣いてるね。何してるのかって聞いてんだけど、答えられないの？」

　──月希先輩だった。

　ぜったい誰も来てくれないと思ってたのに。

「ひ、久城くん……！　いや、これは、この子が勝手に泣き出しただけで！」

　月希先輩が現れた途端、わかりやすいくらい先輩たちみんな慌ててわたしを囲うのをやめた。

「へぇ……勝手に泣き出したの？」

「そ、そうなの！　わたしたちが忠告ってことで、いろいろ教えてあげたら急に泣き出しちゃって！　そんなきつい言い方してないのに〜」

　月希先輩にバレないように必死にアピールして、わたしにはぜったい何も喋るなって睨んでる。

「ふーん。よくもそんな嘘が言えるね」

「えっ、嘘ってそんな……」

「キミたちがひどい罵り方をしても言い返さずにグッと我慢してる陽依ちゃんのほうが、何倍も大人で素敵な女の子だって僕は思うけどね」

　まるで、いままでの光景をぜんぶ見ていたかのような話し方。

「だいたいさ、後輩ひとりに対して先輩３人で囲って罵って何が楽しいの？　ただの僻みと妬みでしょ。文句あるなら陽依ちゃんじゃなくて僕に言ったらどう？」

「べ、別にそんなわけじゃ……」

「それと、平気でそうやって僕の前だけで嘘並べてるところもさ。キミたちのほうがよっぽどやってることサイテーだと思うけどね」

「っ、……」

「何かあるなら僕に言いなよ」

　いつも温厚で、滅多に怒ったりしない月希先輩が、さっきわたしがやられたみたいに女の先輩のリボンをグッとつかんでる。

　おまけに、にこにこ笑顔でやってるから、女の先輩たちもかなり焦ってる。

「で、何か言いたいことあるの？　言ってごらんよ、ほら陽依ちゃんに強く言ってたみたいにさ？」

　この場にいる全員が、月希先輩がかなり怒ってるって察してる。

「ひ、久城くんこの子に言い寄られてるんでしょ……！だって、この子幼なじみが本命なくせに、久城くんにまで手出してるなんて……」

「ふっ……なにその嘘情報」

「う、嘘ってわたしたちの周りでは、みんなそうやって噂してて」

「言い寄られてるなんてまさか。むしろ僕が振り向かせたいと思ってるのに、なかなか振り向いてくれないから困ってるくらいなんだけど」

「そ、そんなの信じられない！　だって久城くんがひとり

に本気になるなんて……」

「うん、そうだね。前の僕はそうだったかもしれないけど、今はひとりにしか興味ないよ。だからさ──」

　また、フッと笑って。

　声がわずかにグッと低くなって。

「くだらない噂信じて、この子をこんなに泣かせて。僕こーゆー陰湿(いんしつ)なこと嫌いなんだよね。見てて腹立つっていうか、虫唾(むしず)が走るんだよね」

「っ……！」

「次この子を泣かしたら、これだけじゃすまないから」

　そう言って、わたしの身体をふわっと抱き上げて、その場を去った。

　どこに連れて行かれるのかと思ったら、初めて月希先輩と出会った社会科資料室へ。

　何も言わずに奥へ入って、先輩お気に入りのソファの上におろされた。

　と、思ったら。

「ごめんね、僕のせいで嫌な思いさせて」

　優しく抱き寄せられて、謝ってきたからびっくり。

　さっきまで泣いていたわたしを落ち着かせるために、背中をゆっくりさすってくれて。

　わたしは、月希先輩の腕の中で身をあずけて固まるだけ。

　びっくりしすぎて涙が引っ込んでいっちゃったよ。

「せ、先輩が謝ることじゃないですよ。それに、あんなふ

うに言われたりするのは慣れてます……から」

「それは瑞月くんのことで?」

「そう、です……。よく周りから言われるんです。瑞月くんは幼なじみだから、そばにいてくれてるだけだって。事実なので何も言い返さないですけど……」

　自分で言って、ちょっとへこんだ。

　だけど、事実だから仕方ないし。

　……って、別に月希先輩に話すようなことでもないのに。

「それで陽依ちゃんは我慢してるの?」

「我慢、ですか?」

「そうやって言われ続けて悔しいし苦しいでしょ?　ふたりの関係を何も知らない他人からゴタゴタ言われてさ」

　そりゃ、なんとも思わないって言ったら嘘になるけど……。

「瑞月くんもはっきりした気持ちを陽依ちゃんに伝えようとしないのが不思議だよね。陽依ちゃんはそれでいいの?」

「い、いいも何も……瑞月くんの気持ちはもう知ってますから……わたしに向いてないってこと」

「それはちゃんと想いを伝えた結果?」

「そ、そうです……。瑞月くんに好きって言いました。でも……答えが返ってこなかったから。それに瑞月くんは好きな子がいるわけで……」

　あぁ、思い出したら泣きそうになる。

　夏休みの海で告白したあの日のこと。

　もしあのとき、告白なんかしていなかったら、今までど

おり瑞月くんのそばにいられたのに。

　叶わないってわかっていても、そう簡単に諦められない
くらい気持ちが強くて。

　でも、どれだけ強くても、それが一方通行なら永遠に叶
わなくて。

　そんな恋捨てちゃえばいいのに、胸の中にずっと残り続
けるから困る。

「わ、わたしも往生際が悪いんです……。振られたも同然
で避けられてるのに、なかなか諦めつかなくて……」

　……って、何を喋っちゃってるの。

　たぶん先輩のことだから、こんなの聞いても「それなら
僕に乗り換えるしかないよね？」とか軽いノリで言ってき
そう。

　きっと、今だっていつもと変わらない顔で、にこにこ笑
いながら聞いてるに違いない。

　そう思ったのに。

「僕なら……陽依ちゃんにそんな顔させないよ」

　抱きしめる力をゆるめて、しっかりわたしを見た。

　全然笑ってない。

　めちゃくちゃ真っ直ぐ、こっちを見てる。

　こ、こんな真剣な顔をしてる先輩は初めてだから、思わ
ず目を見開いて瞬きを何回もしちゃう。

「僕が陽依ちゃんのこと本気だって言っても揺らがない？」

　いつになく真剣……というか、本気で向かってきてるよ
うな。

　いつもの月希先輩は優しい顔をして、それが仮面に見えてしまうから。

　だからこそ、いま初めて……先輩のこんな顔を見たような気がする。

「えっと……それはなんの冗談……」

「冗談なんかじゃないよ。言ったじゃん、陽依ちゃんのこと堕とすって」

　間髪入れずに割り込んできた。

　いつもの先輩の声のトーンと違うように感じるのは、きっと気のせい……だと思いたい。

「せ、先輩が言うとぜんぶ冗談にしか聞こえないです……」

「心外（しんがい）だね。本気で陽依ちゃんに好きって伝えてるのに」

「す、好き？　誰が誰をですか？」

「僕が陽依ちゃんを好きなんですよ」

「えっと、それはどういう……」

　あっさり淡々（たんたん）と言われるから、理解が追いつかない。

「陽依ちゃんの鈍感さは知ってたけど。自分が告白されてるのに気づかないなんてね」

「え？」

「じゃあ、言い方を変えればわかるかな。陽依ちゃんが瑞月くんを好きな気持ちと同じこと」

　それは、つまり……。

「僕は冗談でもないし、からかってもないよ。陽依ちゃんのこと、ひとりの女の子として好きだよ」

　びっくりしすぎて思考が停止寸前。

　月希先輩がわたしを好き……？

「だ、だから冗談やめてくださ——」

「さっきから違うって否定してるのになかなか頑固だね。じゃあ、態度で示したらいい？」

　あっという間に体勢が崩れた。

　ううん、正確に言うなら崩された。

　肩をポンッと押されて、重心が後ろに倒れてそのまま身体がソファに沈んだ。

　そして、上に覆い被さってくる先輩。

「僕がこんなに好きって伝えてるのに、受け取ってくれないなんて冷たいね」

「だ、だって先輩は、女の子なら誰でもいいんじゃないんですか！」

　忘れてないよ、ここで出会った頃から女遊びばっかりしてたこと。

「それは前までの話ね。今は陽依ちゃんじゃないとダメみたい。自分でも、ここまで陽依ちゃんに惚れ込んでるからびっくりしてるよ」

「えぇ……っ」

　まさか先輩から告白されるなんて、びっくりを通り越しちゃってるよ。

「陽依ちゃんの天然で鈍感なところも。いちいち可愛い反応するところも。守ってあげたくなる可愛さも。ぜんぶ僕のものになったらいいのにって本気で思ってるよ」

　そのまま頬にキスをしてきた。

　唇をうまいこと外して。

「僕を選べば、苦しい気持ちなんかなくなるよ。ってか、僕がそんなのなくしてあげるから」

　たしかに、もう瑞月くんと結ばれることはないから、新しい恋に進めばいいのかもしれない。

　でも、わたしの気持ちはおかしい。

　月希先輩が想いを伝えてくれているのに、わたしの気持ちはいつまでも瑞月くんに向いたまま。

　全然揺らがない。

「先輩は、わたしが困ってるときとか、危ないときとかたくさん助けてくれて。すごく感謝してます。で、でも……その、好きって気持ちに応えることはできない……です。ご、ごめんなさい……」

「陽依ちゃんの気持ちが、僕に振り向くまで待つって言っても？」

「き、きっとどれだけ待ってもらっても、わたしの気持ちはずっと瑞月くんにしか向かないと思います」

　告白して振られたけど、だからってそれで瑞月くんを嫌いになれるわけない。

　他の人を見ようとしたって、ぜったいどこかで瑞月くんへの気持ちが出てくるから。

「……へぇ。それだけ陽依ちゃんの気持ちは強いってわけだ？」

　もしかしたら怒っちゃったかな。

「僕を振るとかいい度胸してるね？」とか笑顔で言われ

て、のちのち月希先輩ラブな親衛隊みたいな人たちに袋叩
きにされたらどうしよう。

　そもそも、わたしが月希先輩みたいな白王子様を振ると
か何様なのって。

　いろんなことを頭の中で考えてたら、真上に覆い被さっ
てる先輩がいきなりガバッと抱きついてきた。

「ひぇっ!?　せ、先輩!?」

　全体重をかけてくるから頭の中は大パニック。

　ま、まさかこのまま何かされちゃうんじゃ……!?

「……ははっ、ははっ」

「え？」

「ははっ」

「え??」

　なんか先輩が急に笑い出してるんですけど！

　抱きしめながら笑われるって、どういう状況ですか！

「あーあ、僕振られちゃったのか」

「先輩なんでそんな笑ってるんですか」

「いやいや、これでも僕けっこー傷ついてるんだけどね」

「えぇっ？」

　なんともわかりにくい。

「振られたショックで、笑って誤魔化すしかないみたいな
ね？」

「せ、先輩でもショック受けたりするんですか？」

「陽依ちゃんは僕のことなんだと思ってるのかな？　そ
りゃ、好きな子にぜったい振り向きませんって言われたら

傷つくでしょ」

「せ、先輩のことだから、てっきり何か耐性(たいせい)でもあるのかと……」

「いやいや振られて、すぐに立ち直れる耐性は持ち合わせてないよ」

　そもそもよく考えたら、月希先輩が振られるなんてことありえないか。

　だって、何もしてなくても女の人が寄ってくるわけだし。

「まあ、陽依ちゃんの気持ち無視して無理やり振り向かせようとは思わないけど。陽依ちゃんの気持ちを優先してあげるのがいちばんだろうし」

「せ、先輩が優しいのびっくりです」

「何言ってんの。僕いつも優しいでしょ？」

「笑顔が黒いときもあります……」

「へぇ、その口塞がれたいのかな？」

「うっ、や……何もない、です」

　真剣に告白してきたり、いつもの調子に戻ったり。

「僕の彼女になってくれたら、嫌ってくらい可愛がって甘やかしてあげるのに。いつか僕を振ったこと後悔させてあげたいくらいだよ」

「せ、先輩はすごくかっこいいですから。きっと好意(こうい)を寄せてる女の人たくさんいますよ」

「たくさん寄せられる好意よりも自分が欲しいって思った、たったひとりの子から寄せられる好意のほうがうれしいんだよ？」

「うっ……」

「残念ながら僕は、そのたったひとりの子に振られちゃって傷ついてるからね」

「ご、ごめんなさい……」

「陽依ちゃんに思われてる瑞月くんが羨ましいよ。陽依ちゃんがこんなに夢中になって追いかけてるんだから」

「お、追いかけてるだけで、想いは一方通行ですけど……」

「僕も諦め悪いからね。隙があれば、いつでも奪いにいくつもりだけど」

「へ……？」

「いっそのこと、瑞月くんに陽依ちゃんのぜんぶもらったよって嘘つこうかなー」

「や、やめてください！　ただでさえ、今わたし避けられてるのに……！」

「えー、それなら彼の気持ち試すチャンスでしょ？　それで動揺しなかったら、瑞月くんの気持ちは完全に陽依ちゃんにないってわかって、僕の彼女になるオチでしょ？」

「な、なんでそうなるんですか！　そんなオチはありません！」

「ははっ、ほんと揺らがないね」

「瑞月くんへの気持ちは、そう簡単には動かないので」

「それじゃ、それをもっと彼に伝えたらいいんじゃないの？」

「伝えすぎたらもっと嫌われます……」

　って、だから、さっきから月希先輩に何を話しちゃって

るの……！

「まあ、瑞月くんに振られてどうしようもなかったら僕のところおいで。いつでも待ってるよ」

　なんて、いつもの月希先輩に戻ってわたしの頭を軽く撫でて去っていくから。

　月希先輩は、いつまでもつかめない。

瑞月くんの約束。

　相変わらず瑞月くんと距離ができたまま、また2週間くらいが過ぎた。

　もう9月も終わりかけ。

　そして、もうすぐわたしと瑞月くんの誕生日。

　毎年、ふたりで誕生日プレゼント何が欲しいって聞き合って、当日は一緒に過ごしてプレゼント交換していたけど。

　今年は無理そうかなって、またしてもズーンと落ち込む。

　せっかくの休みの日だっていうのに、落ち込みモード全開のわたしは、リビングのソファで死んだように寝転んだまま。

　そんなわたしのもとへ、お母さんがやってきた。

「陽依〜、今年の誕生日はどうするの〜？　瑞月くんと過ごすのかしら？」

　グサッ……。誕生日と瑞月くんってワード今NGなんだよ。

「どうするも何も、瑞月くんと最近話せてないから、わかんないよぉ……」

　クッションに顔を埋めて、ソファの上で足をジタバタ。

「そういえば、最近瑞月くん陽依のこと避けてるわね〜。家にも来ないし〜」

　グサグサ……。そんなはっきり言わなくても。

　お母さんも避けてるって思うということは、やっぱり避

けられてるんだぁ……って落ち込み度さらにアップ。

「陽依、あなた何かしたんじゃないの？」

　何かした……。そりゃ、心当たりがないわけじゃないよ。

　お母さん、あなたの娘は意を決して、長年片想いしていた幼なじみに好きって告白したんですよ。

　それから返事がなくて、見事に避けられてるんですよ。

　原因は、これとしか思えないわけですよ。

「あっ、もしかして、瑞月くんに好きって告白したんでしょ～？」

「っ!?」

　見事に当てられて、あからさまに肯定するように顔をバッと上げてしまった。

「あらま。冗談のつもりだったんだけど、まさかほんとに告白したの？」

「うぅぅ……お願いだから、これ以上傷口に塩を塗らないで……っ！」

　どうせ、お母さんのことだから、「瑞月くんは、陽依のこと幼なじみとしては大事だろうけど、恋愛対象となると話は変わってくるわよね～」とか平気で言ってきそう。

「ついに陽依が気持ちを伝えちゃったか～って感じね。瑞月くんも複雑だったでしょうね～」

「んえ？」

「ほら、瑞月くんって昔からすごく律儀なところあるから。いろいろ複雑な思いを抱えてるかもね」

「ちょ、ちょっと待って。話がよくわかんない」

　お母さんは、まるでぜんぶ知ってるような、お見通しだ
からねみたいな口調で話すから。
「陽依が瑞月くんに好きって言ったとき、瑞月くんはどん
な顔してた？　きっと、言いたくても何も言えないって顔
をしていたんじゃないかしら？」
「な、なんでお母さんがわかるの……？」
「そりゃ、お母さんなんでも知ってるもの〜」
　加えて「瑞月くんは告白の返事をしなかったんじゃな
い？」と、まで。
　まるで、今までの出来事をぜんぶ見ていたんじゃない
かってくらいの的中率。
「も、もしかして、瑞月くんから聞いたの？」
「まさか〜。そんなこと聞かないわよ！　そもそも瑞月く
んがいま陽依のことを避けてるって時点で、だいたい察し
がつくわよ〜」
　どういうこと、どういうこと？
　わたしだけ頭の上に大量のはてなマークが浮かんでる状
態だよ。
「きっと、今でもあのこと気にしてるのかしら」
　"あのこと" ……っていったい何？
「これはね、陽依だけが知らない話なのよ」
「……？」
「昔お父さんに言われたことが、今でも引っかかってるの
かもしれないわね」
「お父さん？」

　なんでここにきて、いきなりわたしのお父さんが出てくるの？

「ずっと陽依には言わずにいたけど、この際だから話してもいいかな〜ってお母さんは思うのよね」

　気になりすぎて、さっきまで寝転んでた体勢から、ちゃんと座り直してお母さんの話を聞くことに。

「少し昔の話になるんだけどね。あれは陽依たちがまだ7歳の頃だったかしらね〜」

　ちょうど、わたしと瑞月くんが7歳になった誕生日の当日の出来事らしく。

　その日、わたしの家族と瑞月くんの家族で誕生日のお祝い（いわ）いということで山奥のペンションに泊まっていた。

　そこは都会からかなり離れた場所で、夜空に浮かぶ星がとても綺麗に見えるスポットで有名だったとか。

　せっかくなので、みんなで夜に星を見に行こうって。

　星が綺麗に見えるスポットが、ペンションから少し離れた場所にあって、車で向かう予定だったらしいんだけど。

「その日ね、お父さんが夜に体調を崩しちゃってね。瑞月くんのお父さんも、お酒飲んじゃってたから。車の運転できる人が誰もいなくてね。その日は結局、星を見ることができなかったのよ」

　なんでも、当時のわたしは星を見に行くのをすごく楽しみにしていたらしくて、めちゃくちゃ駄々（だだ）をこねて泣いていたらしい。

　しかも、その日は数年に一度の流星群（りゅうせいぐん）が見られる特別な

日だったみたいで。

　少しずつ昔の記憶をたどるけど、いまいちこの出来事が思い出せない。

　瑞月くんたちの家族とは、小さな頃からいろんな場所に出かけたり旅行したりしてるから、思い出が多すぎて覚えてないだけなのかな。

「陽依は、このことを覚えてないでしょ？」

「え……」

「まあ、それは仕方ないことなのよ」

「仕方ない、こと？」

　まだまだ話の流れがつかめそうにない。

　そして、お母さんがまた話をもとに戻して続けた。

「瑞月くんも陽依が星を見るのを楽しみにしてたのを知っていてね。陽依が瑞月くんに毎日のように言ってたらしいの。瑞月くんと綺麗なお星様見るのすごく楽しみって」

　どうして、その会話すらも思い出せないんだろう。

　ここまでいろいろと話を聞いているのに、断片的にすらも思い出せないなんて。

「ここから話すことは、陽依も瑞月くんも何も悪くないから、あまり重く受け止めないようにしてね」

「うん」

　結局、その日の夜はペンションに泊まるだけになってしまって、拗ねたわたしは部屋に閉じこもったそう。

「みんなで陽依のご機嫌を取り戻そうとしてもダメでね。でも、明日の朝になれば機嫌を直してくれると思って、そ

の日の夜はみんな眠りにつくことにしたの」

　そうして迎えた夜。

　こっそりわたしの部屋に、瑞月くんがやってきたらしい。

「陽依がどうしても星が見たいっていうのを、当時の瑞月くんは叶えてあげたいと思ったのね。それで真夜中にふたりで外に抜け出しちゃったの。もちろん、お母さんたちに内緒で」

　車で行く場所に、まさか小さな子どもふたりが、たどり着けるわけもなくて。

　でも、瑞月くんはわたしの手を引いて夜の道を歩いて星が見える場所を探してくれたみたい。

　ここまでの話だったら、夜に抜け出したことがバレて怒られたのかなって。

　でも、どうやらそんな簡単なことじゃなかったみたい。

　泊まっていたペンションはかなり山奥。

　道も入り組んでいたのもあって、とくに夜に歩くのはとても危険。

　一歩間違えたら迷子になっていたかもしれないって。

　おまけに結構道が悪いところもあって、足を踏み外したらそのまま下に落ちてしまう危険な場所だったらしい。

　そこで最悪の事件が起きてしまったみたいで。

「夜中にね、瑞月くんがひとりで泣きながら、必死に走ってわたしたちの部屋に駆け込んできたの」

　そのとき、そこにわたしの姿はなかったそう。

「何があったのか聞いてみたらね、もうお母さんもお父さ

んもそのときは頭の中が真っ白になってね」

　なんと、わたしが山道を歩いていたとき足を踏み外して、そのまま下に転落してしまったそう。

　さいわい瑞月くんは無事だったみたいで。

「もうそこから全員で必死に陽依のことを探してね。救助隊の人にも協力してもらって、なんとか陽依を見つけることができたの」

　見つかった当時、わたしは頭をかなり強くぶつけたみたいで、命に別状はなかったけれど数日間ずっと病院で眠り続けていたらしい。

「お医者さんからはね、おそらく頭を強くぶつけたショックで、その部分の記憶だけが残ってないって言われて。だから、目覚めたときの陽依は何も覚えてなかったの」

「……」

「きっと今この話をしてもピンとこないわよね」

「うん……」

「その当時はね、みんな陽依が無事でよかったって安堵（あんど）してたんだけど。お父さんだけがカンカンに怒っちゃってね」

「お、怒ったってまさか……」

「そう。陽依を勝手に連れ出したって、瑞月くんに対して大人気（おとなげ）ない叱（しか）り方をしちゃってね」

　そんな……。

　もとをたどれば拗ねたわたしが悪いのに。

「もちろん、瑞月くんの行動は陽依を想ってしたことって、お母さんはわかってたんだけど。お父さんだけが、どうし

ても納得しなくてね」

　当時のお父さんが瑞月くんに言ったこと。

　これからも幼なじみとして、必ずわたしのことを守ること。

　わたしを危険な目に遭わせるようなことは、二度としないこと。

「な、何それ……。なんで瑞月くんばっかり責められるの……！」

「落ち着いて陽依。当時のお父さんも自分の大切な娘が危ない目に遭って気が動転してたのよ。だから、瑞月くんに少し強く言いすぎたのかもしれないわ」

「だ、だからそれは瑞月くんは悪くないじゃん……！」

「そうよね。これはお母さんの勝手な推測だけど瑞月くんが告白の返事をしなかったのは、もしかしたらこの出来事が原因なんじゃないかしら。陽依に好きって伝えて付き合ってもいいか、瑞月くんなりにいろいろ考えてるのかもしれないわね」

「な、何それ……っ」

　だとしたら、瑞月くんが今まで気持ちを曖昧にして、好きな子がいるって言って、わたしにはぜったい内緒っていうのもこれが理由かもしれないの？

　もし、もしもだよ……？

　瑞月くんがわたしを好きでいてくれて、これが原因で好きって伝えられないなら。

　そんなの、ぜんぶなかったことにすれば、瑞月くんもわたしと同じ気持ちでいてくれたの？

　わたしが彼氏欲しいって言ったときも、好きとは言ってくれなかったけど、わたしのこと手放したくないって。

　仮で付き合うっていうのは、もしかしたらわたしが瑞月くん以外の男の子と付き合うのを阻止するため？

　今まで瑞月くんが、好きって言ってくれないのに、甘いことしてくる理由わかんなかったよ。

　でも、今少しだけわかったような気がする。

　きっと瑞月くんなりに、いろいろ気にして悩んでたんだって。

「この前の夏休みも、足をケガして帰ってきたでしょ？」

「あ、あれは、わたしが勝手に岩で滑って転んだだけで……」

「そのとき、そばに瑞月くんもいたんじゃない？　それでまた陽依にケガさせたって責任を感じてるから、陽依と距離を置いて余計に気持ちを伝えられなくなってるのかもね」

　だから……あのときの瑞月くんは、思い詰めたような顔をしていたんだ。

　またわたしをケガさせたって、自分を責めるような。

「この話もっと早くしておくべきだったけど、なかなか言い出せるタイミングも見つからなくて。今になっちゃったのが申し訳ないわね」

「っ……」

「もし、陽依が瑞月くんと話す機会があれば、今のことを話してもいいと思うわ。もう何も責任を感じなくていいっ

て。陽依も瑞月くんのことずっと好きだからこそ、そばに
いたいでしょ？」

　お母さんの問いかけにコクッとうなずく。

　気づいたら瞳が涙でいっぱいになって、それがポロポロ
溢れ落ちていく。

　何も知らなかったのはわたしだけ。

「ふたりの誕生日も近いから、このことを話して仲直りで
きたらいいなって、お母さんは思うの」

「で、でも……わたし避けられてる……から」

「それは、陽依にケガをさせたって責任を感じてるからで
しょ？　陽依のことを嫌いだから避けてるわけじゃないと
思うわよ」

「それでも……っ」

「ふたりとも幼なじみだから、誰よりもそばにいてお互い
のことを理解してて。でも、それって幼なじみだからって
だけじゃなくて、お互いを想ってるからこそでしょ？」

「っ……」

「瑞月くんのことが好きなら、その気持ちを諦める必要も
ないし、瑞月くんがまだこのことを気にして責任を感じて
るなら、そんなのもう気にしなくていいよって、陽依が一
生懸命好きって伝えたらそれでいいじゃない」

「……」

「きっと大丈夫よ。ふたりは生まれたときからずっと一緒
にいるんだから。誰よりもお互いの気持ちを知ってるだろ
うから」

幼なじみよりもっと。

お母さんから瑞月くんとの昔の出来事を聞いてから数日が過ぎた。

ほんとなら、すぐにでも瑞月くんに聞いたことをぜんぶ話して気持ちを伝えたかったのに。

いまだにウジウジしてるわたしは、何も行動を起こせてない……。

そして今日。

わたしと瑞月くんの誕生日当日を迎えてしまった。

誕生日だっていうのに、気分はズーンと落ち込みモード。

ほんとは瑞月くんにメッセージくらい送ってもいいかなって思ったけど、結局それもできず……。

学校で席だって隣同士なのに、特に会話することもないまま。

というか、瑞月くんが授業さぼってるから。

誕生日って特別な日に感じるのに、今日はいたって何も感じなくてフツーの日と変わんない。

……まま、あっという間に迎えた放課後。

今日も瑞月くんは、放課後まで教室に戻ってこないのでひとりで帰ることに。

今日誕生日をお祝いしてくれたのは幸花ちゃんだけ。

朝、登校してから、いちばんに「誕生日おめでとう」って言ってくれて、おまけにプレゼントまで用意してくれて。

　お母さんはケーキを買ってくれたみたいで、わたしの好きな料理を作って待ってるってメッセージが来てた。

　たぶん、瑞月くんのことで落ち込んでいろいろ考えてるわたしを少しでも元気づけるための、お母さんなりの気遣いかなって。

　結局、毎年欠かさず買っていた瑞月くんへのプレゼントも用意できないまま。

　無情にも今年の誕生日は過ぎていっちゃうんだなって。

　落ち込み度マックスで、帰り道をとぼとぼ歩く。

「はぁぁぁ……」

　17歳の誕生日は、今までの誕生日の中でいちばん災難と言ってもいいくらい。

　そして、災難は連鎖してやってくるわけで。

　今日は、少し遠回りして帰ろうと思って、帰り道を変えたのがそもそもの失敗だったのかもしれない。

　目の前にある歩道橋。

　昔、歩道橋の階段をのぼっていたとき、足を踏み外して落ちそうになったことがあったっけ。

　そのときは瑞月くんが守ってくれて、それ以来歩道橋をひとりで歩くのは、ぜったいに禁止されていた。

　でも、今はここを渡らないと反対側の道に行けない。

　まあ、歩道橋から落ちそうになったのも、小学校の頃の話だし。

　さすがに高校生にもなって踏み外すことないし、何かあれば手すりにつかまれば大丈夫だろうし。

「よいしょっと」

　階段は幅が広くてのぼりづらいけど、気をつければ全然平気。

　ひょいひょいリズムよく階段をのぼって。

　もちろん、ちゃんと手すりにもつかまって。

　自分自身が落ちなきゃ問題ないって、油断してたのがいけなかったのかもしれない。

「わっ……、きゃぁぁっ!!」

　ほんとに突然。

　上から小学生くらいの女の子の叫び声が聞こえて、反射的に顔を上げたとき。

　わたしの少し前で、階段をのぼっている女の子が足を踏み外したみたいで。

　身体が重力に逆らえないまま、わたしのほうに向かって落ちてくるのが見える。

　え、あっ、うそ……。

　こんなことある……？

　自分は大丈夫でも、まさか他の人が上から落ちてくるなんて、想定外オブ想定外。

　こ、これは自分の身を守るのは無理だし、かと言って落ちてくる女の子も助けなきゃいけない。

　グルグル悩んでる時間なんかまったくない。

　とっさに、女の子を受け止めるために身体が動いた。

　もちろん、動いたっていっても反射的だから、どうやって受け止めたらいいかわからないまま。

　とりあえず女の子がケガをしないように、大きく両手を広げて、なんとか女の子の身体をキャッチ。

　これでひと安心……なわけなくて。

　上から降ってきた人は、いくら子どもでもかなりの力が加わって落ちてくるわけだから。

「うわ……っ、きゃぁぁ!!」

　さっきの女の子同様に、今度はわたしが落ちそうになって大絶叫。

　助けるために手を差し伸べたのに、わたしが落ちちゃって、女の子がケガをしたら元も子もない!

　自分より女の子を守らなきゃって、重力に逆らえないまま落ちていく中、女の子の身体をしっかり抱きしめて。

　そのまま、身体が硬い地面に打ち付けられた。

　あぁ、せっかくの誕生日なのに、階段から落ちるなんて、ついてないにもほどがあるよ……。

　身体も痛いし、頭も軽く打ったのかピリッと痛くて、意識がどんどん遠のいていく。

　ボヤッとする意識の中、女の子が泣きながらわたしの身体を揺すってるのが見えて。

　わたしと女の子が落ちたのを見ていた周りの大人が駆けつけて、慌ててどこかに電話してる姿が見えて。

　とりあえず……女の子はケガしなくて無事だったのかなって安心した途端。

　……プツリと意識が切れた。

　次に目が覚めたとき、真っ先に飛び込んできたのは真っ白な天井だった。

　まだ意識がはっきりしてなくて、自分がどこにいて、何があってこの状態になってるのか、理解が追いつかない。

　ベッドに横になって、鼻にツンとくる独特の匂い。

　あぁ、もしかして病院に運ばれた……？

　そういえば、階段から落ちてきた女の子を助けようとして、自分まで落ちたんだっけ……？

　一瞬、意識が飛ぶ寸前に、わたしこのまま死んじゃうのかな……なんて、不吉なことが頭をよぎったけど。

　とりあえず生きててよかったって。

　まだ身体と頭に鈍い痛みがあるけど。

　うっすら目を開けたまま、ベッドの横を見たら。

「陽依……っ！」

　焦った声と。

　とても心配そうで、焦った顔をした──。

「みつ、くん……？」

　……瑞月くんがいた。

「はぁ……っ、目覚めてよかった……」

　こんなに、瑞月くんの表情が崩れてるのは、初めて見たかもしれない。

　心配して、今にも泣きそうな表情から、わたしとしっかり目が合えば安堵の表情を見せて。

　今もまだベッドに横たわるわたしを、優しくそっと抱きしめてきた。

「みつ、くん。どうしたの、そんな悲しそうな顔して」

「陽依が……階段から落ちて、救急車で運ばれたって聞いて完全に冷静さ失った……」

　声と、抱きしめてくる腕が、これでもかってくらい震えてる。

「また、俺が陽依のこと守れなくて。陽依にケガさせて、ほんとに俺昔から何度も同じことして陽依のこと守れてない。誰よりもそばにいるのに……」

「そんなこと、ないよ……っ」

　お願いだから、もう自分を責めるのやめてほしい。

　それに、いつもわたしのそばにいてたくさん守ってくれたよ。

　それは、誰よりもわたしがいちばん知ってるから。

　身体は痛いはずなのに、瑞月くんのこと抱きしめずにはいられなくて、瑞月くんの背中に腕を回す。

「みつくんは、ずっとわたしのそばにいていつも守ってくれたよ……。でも、避けられちゃったのは悲しかったよ」

「……ごめん」

「お母さんからね、昔わたしが山奥でケガしたときの話聞いたの」

　少しだけピクッと瑞月くんの身体が動いた。

「わたし何も覚えてなくてごめんね。瑞月くんばっかり、いろいろ抱えて悩ませちゃって」

「それは、陽依は何も悪くない……から。俺は陽依の気持ちに応える資格もないと思ってたから」

　お母さんが言っていたように律儀な瑞月くんは、やっぱり気にしていたんだ。

「み、みつくんが、そのこと気にしてるなら、わたしのそばにいて守ってくれなきゃ、やだよ……っ」

　この気持ちがずっとずっと一方通行で叶わなくても。

「好きだよ……っ。みつくんのこと、好きすぎてどうしようもないの……っ」

　また振られちゃうかもしれないけど、今は想いが溢れて止まりそうにないから。

「ずっとずっと、みつくんしか見てないの……っ。わたしの隣は、みつくん以外ありえない……っ」

　これでもかってくらい、たくさん伝えるから。

「もう、幼なじみも、仮の彼女もやだよ……っ」

　最後の言葉は、自分でもびっくりするくらい弱くて、か細かった。

　こんなにたくさんわがまま言って、もう見放されちゃうかもって。

　わたし階段から落ちてケガして、おまけにまた瑞月くんに振られたら胸も痛すぎて、ある意味死んじゃうよって。

「……好きだよ、陽依」

　ほら、また振られて……え？

　あれ、あれれ。

　なんか突然、告白のセリフが聞こえたような。

　あれ、今のは幻聴（げんちょう）……？

「俺だって……陽依のこと好きで仕方ない。死ぬほど手放

したくないのに」

「……うぇっ？」

　うそうそ。

　こんなあっさり好きって言う……？

「ほんとは……自分の中で、ちゃんと陽依のこと守れるくらいに身も心も成長するまで言うつもりなかったけど。もうここまできたら言うしかないよね」

「うそ、うそ……、ほんとに……っ？」

　もしかして階段から落ちたまま、ほんとはまだ目が覚めてなくて夢の中にいるんじゃ。

「わ、わたしいま夢の中にいる……？　それとも、目の前にいる瑞月くん幻とか……っ？」

「……ほら、頬引っ張ったら痛いでしょ」

「う……いひゃい」

「俺は幻じゃないし。ちゃんと陽依の前にいるじゃん」

　ゆっくり身体を離して、そのままおでこをコツンと合わせて見つめてくる。

「じゃあ……瑞月くんが好きって言ったのほんと？　嘘じゃない……っ？　仮の彼女として好きだよとかだったら泣いちゃうよ……っ？」

「どんだけ疑り深いの。そんなに俺の言うこと信じられない？」

「だって、だって……っ」

　続き、喋れなかった。

　だって、瑞月くんが優しく唇を塞いできたから。

「……俺はこんなに陽依でいっぱいなのに？」

「うぬ……っ」

　不意打ちのキスはずるい。

　久しぶりに瑞月くんに触れられて、心臓がドクンドクンうるさいくらい音を立てる。

「俺けっこーわかりやすく陽依しか見てないって、アピールしてたのにね」

「そ、そんなのわかんないよ……！　そ、それに瑞月くん好きな子いるって言ってたじゃん！　あれ誰なの？」

　ここで別の子の名前が出てきたら、ショックで倒れちゃうよ。

「そんなのひよに決まってんじゃん」

「えぇっ!?」

「仮で付き合おうっていうのも、ひよが他の男のものになるのが嫌だったからだし」

「うぅぅ……瑞月くんに好きな子いるって聞いて、ものすごくショックだったのに……！」

　落ち込んだ気持ち返してほしいくらいだよ！

「フツーに考えて、ひよ以外選択肢ないってわかるでしょ」

「瑞月くんのフツーはフツーじゃないよ！」

　なんだか、わたしたちものすごく遠回りしてたような気がする。

　わたしは瑞月くんに好きな子いるって言われて、振られたと思っちゃうし。

　瑞月くんは、いまだに昔のことを気にして気持ちを教え

てくれなかったし。

「まあ、ひよのお父さんには、あらためて付き合うの報告はしないとね」

「そ、それはもう大丈夫だよ……！　お母さんも、瑞月くんが責任感じることないって言ってたし。お父さんも反対しないと思う」

「いや、ちゃんと許しもらわないとダメだと思ってるから」

　瑞月くんって普段はやる気なさそうにしてるのがほとんどだから、こんなにきちんと真面目に向き合おうとしてくれてる姿がすごく新鮮で。

　同時に、それだけわたしのこと大事にしてくれて、ちゃんとしてくれてるんだって思うと、もっともっと好きになっちゃう。

「今度こそ、俺の彼女になってくれる？」

「うぅ、なる……っ」

　やっと……幼なじみでもなくて、仮の彼女でもなくて──瑞月くんのほんとの彼女になれました。

第 5 章

瑞月くんがほんとの彼氏。

　わたしがケガをして、完全に回復するまで思った以上に時間がかかってしまい──。

　気づけば10月の中旬に入っていた。

　今日は土曜日で、瑞月くんがわたしの家に来ることが決まってる。

　もちろん、この日を選んだのは、わたしのお父さんの仕事がお休みだから。

　瑞月くんと気持ちが通じ合って、それで一件落着かと思いきや、そう簡単にはうまくいかず。

「珍しいな〜。陽依がお父さんに家にいてほしいって、お願いしてくるなんて」

　朝ごはんを食べながら、新聞を広げてそんなことを言うお父さん。

「きょ、今日は……その、お父さんに話したいことがあるっていうか」

「話したいことか。なんだなんだ、気になるな〜。早く教えてくれないのか？」

「そ、それは瑞月くん……が来てから話すから！」

「そうか。瑞月くんも来るんだな」

「う、うん」

　お父さんの前で瑞月くんの名前を出したのは久しぶりかもしれない。

チラッと顔色をうかがおうとしたけど、新聞で隠れちゃって見えない。

……と思いきや、新聞をカサッと閉じてコーヒーが入ったマグカップを手に取って口に運んでる。

そして、わたしのほうを見て。

「瑞月くんは、いったいなんの話をしにくるつもりなんだ？」

にこりとも笑ってないお父さん。

やっぱり、瑞月くんのことよく思ってないの……？

「み、瑞月くんだけじゃなくて、わたしもお父さんに話っていうか、お願いしたいことある……から」

しばらくして、瑞月くんが家にやってきた。

「え、えっと……」

「ひよのお父さん、いてくれてる？」

「う、うん」

緊張してるのは、どうやらわたしだけのようで、瑞月くんはわりと冷静。

朝、お父さんと軽く話した感じだと、たぶん反対されるような気がして不安しかない。

それが顔に出ていたのか、瑞月くんがひょこっと覗き込んできて。

「……だいじょーぶ。俺がひよのお父さんにちゃんと話すから」

しっかり目を合わせて、言葉どおり大丈夫って訴えかけ

てくる。

　普段の瑞月くんは、やる気なくてマイペースなのに。

　こういうときは真剣な顔して凛々しいから、そのギャップにやられちゃう。

　ほんとは、すごく不安だし緊張してるよ。

　もしお父さんに反対されたらどうしよう。

　でも、瑞月くんのほうが、もっとプレッシャーを感じてると思うから。

　瑞月くんの大丈夫って言葉を信じないと。

　今もリビングで待っているであろう、お父さんのもとへ瑞月くんと向かう。

　リビングに入るとお母さんがすぐに声をかけてくれて、お父さんがいるテーブルのほうへ。

　お父さんは瑞月くんの姿を見ると「久しぶりだね」って軽く声をかけた。

　瑞月くんも「お久しぶりです」って軽く頭を下げて挨拶してる。

　お母さんがお茶を用意してくれて、テーブルを挟んでお父さんの正面に瑞月くんが座り、わたしがその隣。

　少しして、お母さんがお父さんの隣に腰をかけた。

　まさにドラマとかでいうと、娘さんをください！ってヒーローがお父さんに頼み込むシーンみたい。

　ちょっとの間、謎の沈黙が流れて。

　誰が先に切り出すかと様子をうかがっていたら、いちばんに口を開いたのは──。

「お忙しい中、お時間作ってくださりありがとうございます。今日は陽依とのことで、お父さんにお話したいことがあって来ました」

　瑞月くんだった。

　とっても真剣な顔で、話し方も普段と全然違う。

「いやいや、こちらこそ来てくれてありがとう。というか、そんな堅苦しい挨拶はやめにしないかい？　なんだか娘さんをくださいって、結婚を申し込みに来てるのかと思ってしまうよ」

　お父さんが軽く、ははっと笑ったかと思えば。

「いえ……それはあながち間違ってないかと」

「どういうことだい？」

　思わず喉がゴクッと鳴って、わたしが喋ってるわけじゃないのに心臓がバクバク。

「陽依と付き合うことを許してほしいです」

　か、かなり唐突……。

　お母さんは「あらま〜」とうれしそうな声で、にこにこ笑ってる。

　お父さんは表情をいっさい変えないし、おまけに黙り込んじゃったし。

　ど、どうしよう……。

　空気は、ぜったい反対される感満載。

　こ、ここはわたしがなんとかしなきゃいけない……かもしれない！

　何も考えずにテーブルを軽く叩いて、勢いで椅子から立

ち上がってしまった。

「陽依、どうしたんだ？」

「え、あっ、えと……」

　うぅ、わたしのバカ……っ！

　後先考えずに行動するからダメなんだって。

　瑞月くんみたいに、冷静に落ち着いて喋ること考えれば
よかったものの。

「何もないなら座りなさい」

「う……はい……」

　役立たずのわたしは、何もできないまま。

　重い空気が流れるかと思いきや。

　お父さんから驚きの発言が。

「ところで、ふたりともまだ付き合ってなかったのか？」

　たぶん、いま「え？」って思ってるのは、わたしだけじゃ
ないはず。

　この場の緊張感が、一気にパチンとはじけたような。

　それを証拠に、真横に座ってる瑞月くんも、これでもかっ
てくらいびっくりして目を見開いてるし。

　肝心のお父さんは、さっきまで厳しそうな顔をしていた
のに、今はキョトンとした顔をしてる。

　お母さんは、にこにこ笑ってる。

「なんだなんだ、ふたりともそんな驚いた顔をして。とい
うか、瑞月くんもあらたまってどうしたんだ？　父さんは、
もうてっきり付き合ってると思ってたんだけどな？」

「ちょ、ちょっと待って！　お父さんは、わたしと瑞月く

んが付き合うの反対じゃないの!?」

　お母さんから聞いていた話と瑞月くんが気にしてること
を総合したら、昔のこと気にして反対しそうな感じだった
じゃん……！

「反対どころか大賛成だけどな？　それに、陽依はずっと
瑞月くんのことが好きだろう？」

「そ、それはそうだけど……！　お父さん、昔わたしがケ
ガしたこと気にしてるんじゃないの？」

　瑞月くんが、わたしのこと好きって伝えてくれなかった
理由のひとつ。

　……だったはずなんだけど。

「あー。そういえばそんなこともあったな？　あのときは
ついカッとなってしまってな。まだ幼かった瑞月くんに悪
いことをしたと思ってるよ。すまなかったね」

　悪いことをしたって顔で、ちょっと申し訳なさそうにし
てるお父さん。

「瑞月くんが陽依を誰よりも幸せにしてくれて、それで責
任とってくれたら父さんは満足だよ」

「そ、それじゃあ、わたしと瑞月くんが付き合っても反対
しない？」

「するわけないだろう？　まあ、陽依のことを泣かせたら
黙ってないがな？」

「うぅ、瑞月くん！　いつまでこんなことしてるの……！」
「俺が満足するまで」

「ま、満足って」

「緊張しすぎて疲れたから無理……」

　あれから結局、お父さんと少し話してから正式に付き合うことを認めてもらえた。

　まさか、こんなあっさり話が進むと思ってなくて、何もかもが拍子抜けしてばかり。

　瑞月くんは何年も気にしていて、今日お父さんと話をするのに相当いろいろ考えて、かなり疲れたみたい。

　今はわたしの部屋でふたりで過ごしてるんだけど。

　お母さんが気を遣って、せっかくだからふたりで過ごしたらって提案してくれて、お父さんと出かけて今は家にいない。

　夜遅くに帰ってくるとか言ってたっけ。

　今もベッドを背もたれにして隣に並んで座ってるけど、真横から瑞月くんがギュッと抱きついてくるから身動きが取れないまま。

「え、えっと、みつくん？」

「……ん、なーに」

「わたしたちほんとに恋人同士になれたのかな……っ？」

「……そーだね」

　幼なじみでもなくて、仮でもなくて、ちゃんとした彼女になれたなんて。

　いまだに信じられないよ。

「み、みつくんは、わたしのこと好き？」

「死ぬほど好き」

「そ、そんなに!?」

「そーだよ。俺さ、これでも結構いろいろ我慢してたけど」

「っ?」

「これからは我慢しないよ。ひよのことたっぷり可愛がって、俺のこともたくさん満足させて」

　あっ、どうしよう。

　瑞月くんが、とっても危険な瞳をしてる。

　どんどん顔が近づいてきて、キスされると思ってギュッと目をつぶると。

　どれだけ待っても、唇にやわらかい感触が落ちてくることはなくて。

　かわりに太ももの上に何かが乗ったような気がして、パチッと目を開けたら。

「とりあえず、ひよの太もも貸して」

「へ……っ」

　瑞月くんの髪が太ももにちょこっとあたって、くすぐったい。

　猫みたいに甘えてきて、お腹のあたりに顔を埋めてギュウッてしてくるから。

「み、みつくん、くすぐったい……っ」

「……ん?」

　わざと聞こえないふりをする瑞月くんは確信犯。

　おまけに。

「ねー……ひよ。口さびしい」

「くち?」

「もっと……ひよの甘い声も聞きたい」

　スカートの裾が、瑞月くんのイタズラな手によって軽く捲られて。

「ひゃっ、どこに手入れてるの……っ」

「……口にしていーんだ？」

　無遠慮に滑り込ませて、軽く触れるくらいでスッと内側をなぞってくる。

「だいたいさ……ひよがこんな短いのはいてるからダメでしょ」

「だ、だからって、捲るのダメ……っ」

「……スカートっていーよね。脱がさなくても簡単に触りたいとこ触れるし」

「なっ……ぁ、ぅ……」

　瑞月くんは一度暴走のスイッチが入ったら、満足するまでそれがずっと続くから。

　さっきから、際どいところばかりなぞってきて、身体が変な感じがするの。

「……ひよの弱いとこ、あててあげよーか」

「ひゃ……っ、うぁ……っ」

　指先が軽く動かされて身体が大きく跳ねる。

　ほんとにわずかな動きなのに、ゾクゾクして勝手に身体が反応しちゃう。

「……ほら、かわいー声出た」

「やぁ……っ」

　スカートを押さえて抵抗するけど、そんなことしたら

もっと刺激を強くしてくるから。

「……そんな可愛い声出して誘ってんの？」

　フッと軽く笑って、身体をむくっと起こした。

　片方の手は太もものあたりに触れたまま。

「ひよの可愛い声もっと聞きたいけど、聞いたら理性おか
しくなって死にそう」

「じゃ、じゃあ……もう、やめて……っ」

「……やだよ。声出ないように手伝ってあげるから」

　身体を前のめりにして、斜め下からすくうようにグッと
唇を押しつけられた。

「んっ……ぅ」

「口さびしいから、キスで塞ぐのいーじゃん」

　久しぶりのキスに、ブワッと熱があがってく。

　同時に唇が触れた瞬間、全身に電気が走ったみたいにピ
リッとした。

「……ひよも唇動かして」

「っ、ぁ……」

　瑞月くんが誘うようにリードしてくれるけど、ついてく
だけで、いっぱいいっぱい。

　キスされたまま、身体がふわっと持ち上げられてドサッ
と音がする。

　背中にやわらかい感触があって、ベッドに押し倒されて
るって理解するのに時間はかからなかった。

　ずっと唇を塞がれたまま、さっきよりもっと深くキスを
してくるから。

「ふ……っ、ぅ……」

　いつもみたいに苦しくなって、タイミングをみて瑞月くんが唇をわずかに離してくれる。

　でも、これは瑞月くんがもっともっと深いキスをするときのサイン。

「……ひよ早く口あけて」

「ぅ……ぁ……っ」

　無理やりこじあけるように、スルッと舌が入り込んでくる。

　口の中に熱が入り込んでクラクラしてるのに、熱が口の中をかき乱して、酸素をどんどん奪っていく。

「……どんだけしても足りない」

「はぁ……っ、ぅ……」

　目をギュッとつぶって、キスされるがまま。

「ひよ……。目閉じないで俺のこと見て」

「む、むり……だよ……っ」

　キスで精いっぱいなのに、欲しがりな瑞月くんはもっといろんなことを要求してくるの。

「……無理じゃないでしょ」

「や……ぁ……っ」

　舌を軽く噛まれて、吸われて。

　びっくりした反動で、パッと目を開けてしまった。

　悲しくもないのに、意味もなく涙が瞳にたまって、うるんで瑞月くんの顔がぼやけてる。

　息も苦しくて、頭の芯まで溶けそうなくらい……おかし

くなっちゃいそう。

「……かわいー。たまんないね、その顔」

　ニッと笑って、また唇に軽くキスを落とす。

　唇が少しずつ動いて、やわく噛んでくる。

「……もっと、ひよの可愛いとこ見せて」

「ぅ……っん」

　キスしながら、瑞月くんの指先がツーッと喉のあたりを
なぞってくる。

　親指と人差し指が喉の真ん中あたりに触れて、軽くグッ
と押される。

「んん……っ」

　だんだんと意識がボーッとしてくる。

　喉のあたりを少し押されて、さっきよりも苦しく感じる
のに、その苦しさが心地よくて。

　力がどんどん抜けて、身体の奥から変な感じがしてくる。

「はぁ……っ、ぅ」

「……とろけた顔して。かわいーね」

　やっとキスの嵐が止まって、落ち着いたかと思ったら。

「まさか、これでおわりなわけないでしょ」

「ふぇ……っ？」

　キスだけじゃ満足してくれるわけもなく。

「ぅ、みつくん……もう……んんっ」

「ダメ。全然足りない」

　こんな調子で瑞月くんの彼女がつとまるの……？なん
て、思いながら、また甘い時間に溺れていった。

ハロウィンとイタズラなキス。

　夏らしさが完全に抜けた10月ラストの日。

　今日はハロウィンで日曜日。

　幸花ちゃんが、お菓子（かし）パーティーをしようって誘ってくれて。

　場所は天木くんのお家らしくて、よかったら瑞月くんも誘って4人で楽しもうって。

　なので、ふたりで天木くんの家へ。

「陽依ちゃん、いらっしゃい。幸花が急に誘ったみたいなのに来てくれてありがとね」

「あ、いえいえ。こちらこそ誘ってもらえてうれしかったよ！」

　玄関で天木くんがお出迎え。

　前に夏休み天木くんのお姥ちゃんが経営してる旅館に泊めてもらったときから、薄々思っていたんだけど。

「あ、天木くんの家すごく大きいんだね。まさに豪邸（ごうてい）というか……！」

「ははっ、そんなことないよ。これくらい普通じゃないかな？」

「ドラマでしか見たことないお屋敷（やしき）って感じだよ！」

　幸花ちゃんから聞いた話だと、天木くんのお父さんは会社の社長さんなんだとか。

　まさか、こんなにすごい家に住んでるとは知らなくて、

着いてから驚いてばかり。

　家もお城みたいな外装だし。

　お屋敷の中に入ったら、メイドさんとか執事さんいるし。

　今もお屋敷の中を歩いてるけど、ドラマでしか見たことない真っ赤な絨毯が廊下に敷かれてる。

　壁一面には絵画や、高そうな花瓶などなど。

「あ、天木くんは、どこの国の王子様ですか」

　思わず周りを見渡して、あんぐり。

「ははっ、陽依ちゃん面白いこと言うね。ついでに幸花とまったく同じこと聞いてくるところ、ふたりとも似てるね。たいしたことないよ、これくらい」

　相変わらず爽やかな笑顔でさらっと、とんでもないこと言ってるよ。

「で、さっきから仏頂面してる瑞月は、今日もご機嫌斜めなのかな？」

「……薫のどこが王子様なのか俺にはさっぱりわかんない。ってか、ひよと仲良さそうに喋ってんのムカつく」

　さっきからわたしがお屋敷に夢中になってる隣で、瑞月くんはムッとした顔をしてる。

　せっかく４人でお菓子パーティーできるのに、瑞月くんは全然楽しそうじゃないの。

「彼氏になっても相変わらず心狭いね。どうせ、陽依ちゃんとふたりで過ごせる休日を奪われたとか思ってるんでしょ？」

「薫にしては察しがいーじゃん。わかってんなら俺たち帰っ

ていい？」

「それは無理だね。俺の可愛い彼女が、陽依ちゃんとハロ
ウィンパーティーするの楽しみにしてるから」

「はぁ……。ひよと過ごせる時間減るとか無理、死ぬ」

　隣を歩く瑞月くんは、わたしにベッタリだから歩きづら
くて。

　そんな様子を天木くんは、笑いながら呆れて見てるし。

「まあ、そんな不機嫌にならないでよ。瑞月にもたのしん
でもらえるように、いろいろ準備してあげたんだから」

「……何それ」

「とっておきのたのしみだよ。瑞月がかなり好きなやつだ
と思うよ」

　とっておきのたのしみってなんだろう？って考えなが
ら、幸花ちゃんが待っている天木くんの部屋へ。

「わぁぁ、陽依ちゃんっ！　来てくれてありがとう〜！」

　部屋に入ると、幸花ちゃんが満面の笑みでこっちにきて
抱きついてきた。

「こちらこそ、誘ってくれてありがとう！　わたしもね、
お菓子たくさん持ってきたから楽しもうね！」

「うんうんっ。あっ、それとね、お菓子以外にもいろいろ持っ
てきたから！」

　はて、いったい何を持ってきてくれたんだろう？

「きっとね、相沢くんものすごくよろこんでくれるよ！
わたしとお揃いだから、あとで着替えようね！」

「え、あっ、うん」

　流れで何も聞かずにスルーしちゃったけど、お揃いとか
着替えようとか。

　これが何かわかるのは、あともう少ししてから。

　とりあえず、4人でお菓子を食べることになったんだ
けど。

　テーブルに並んでるお菓子たちが、どれも高そうなもの
ばかり。

　チョコレートなんて、お高い海外のやつだし。

　色とりどりのマカロンや、クッキーやマフィン。

　おまけにメインのテーブルのそばに、ビュッフェ形式に
並べられたケーキたち。

　こ、これはハロウィンパーティというより、ものすごく
豪華なスイーツバイキングのような。

　どうやら幸花ちゃんのために、ぜんぶ天木くんが用意し
たらしく。

「幸花がよろこぶなら、いくらだって用意するよ」

　と、まあこんな感じで相変わらず幸花ちゃんだいすきな
天木くんの溺愛度の高さは健在。

　幸花ちゃんが甘いもの好きだからって、ここまで揃え
ちゃうなんて恐るべしだよ。

「瑞月は、どれ食べたいとかないの?」

「ない。ってか、ひよのこと食べたい」

「ははっ、相変わらず頭いかれてるね。まだ食べるの我慢
しなよ」

「俺おあずけ嫌いなんだけど」

「んー。まあ、焦らされた分、好き放題していいってなったら、それはそれで愉しいでしょ？」

「そーゆープレイは求めてないんだけど」

「瑞月は攻めるのが好きそうだもんね」

「薫もでしょ」

「よくおわかりで」

　こ、このふたり、お菓子を目の前にしてなんの会話をしてるの……!?

　こんな感じで少しずつ時間が過ぎていき。

「そろそろかなぁ！　よしっ、陽依ちゃん一緒に着替えにいこっ！」

「んえ？」

　突然、幸花ちゃんに誘われて瑞月くんたちがいる部屋を出ることに。

　幸花ちゃんは何やら大きな紙袋を片手に持って、「薫くん、ちょっと今から着替えてくるね！」なんて言って。

　天木くんも「うん、どんなの着てくれるか楽しみに待ってるよ」なんて、笑顔で言って。

　メイドさんに別の部屋に案内してもらった。

「さてさて、陽依ちゃんっ！　ハロウィンといえばなんでしょう！」

「へ？　ハロウィン……といえば？　お菓子とかじゃなくて？」

「それ以外に！　もっとあるよ！」

「カボチャ……とか？」

「うーん、それもハロウィンらしいけど！」

　そう言って、紙袋の中をガサガサあさって、取り出されたもの。

「え、ええっと、これは」

「ハロウィンといえばコスプレだよ〜！　とっておきのね、陽依ちゃんに似合うと思うもの持ってきたから！」

　手渡されたのは真っ赤なワンピース。

　ついでに中に着るフリフリの真っ白のブラウス。

　それになぜか真っ赤な、ずきんもついてるし。

　んん？　こ、これってまさか。

「これね、赤ずきんのコスプレなのっ！　どうかなぁ、陽依ちゃんに似合うと思ったんだけど！」

「えぇぇ!?　こ、これを着るの!?」

　ど、どう見たらわたしに似合うと思ったの……!?

「うんっ。ちなみにわたしも同じの買ってきたの！　陽依ちゃんとお揃い！」

「い、いやいや！　幸花ちゃんは似合うかもだけど、わたしはこんな可愛いの着れないよ！」

　首を必死にブンブン横に振って、全力で拒否したら幸花ちゃんがキラキラした目でこっちを見てきて。

「大丈夫っ！　これを着て、相沢くんの機嫌取り戻しちゃおう！」

　……なんて、幸花ちゃんの勢いに完全に負けてしまい。

「うんうん、やっぱり似合ってるよ〜！」

「うぅ、これじゃ瑞月くんに笑われちゃうよぉ……っ」

　着てみたけど、ワンピースがあまりに可愛すぎて似合ってない。

　おまけに、童話で見たことある赤ずきんの感じとは違っていて。

「な、なんかこれ胸元すごく見えるし、ワンピースの丈がものすごく短いよ……っ！」

　胸のあたりから、お腹まで結構ピタッとしてるから身体のラインとかはっきり出ちゃうし。

　ワンピースは膝より上の長さで、太ももが見えてる。

「だって、わざとそういう作りになってるんだもん！」

「えぇっ？」

「ハロウィン用なんだから、まさか絵本に出てくるやつと同じなわけないよ〜」

　幸花ちゃんも同じやつ着てるけど、まったく恥ずかしそうな様子見せないし……！

「さてさて、これからがハロウィンパーティの本番だよっ。早くふたりがいるところに戻ろう〜」

「む、むりだよ……っ」

　わたしスタイルも良くないのに、こんな格好を瑞月くんに見られたら幻滅されちゃう。

「きっと相沢くんの機嫌も、ころっとよくなるよ！　わたしが保証する！」

「えぇ……」

　こうして、瑞月くんたちがいる部屋に戻ったんだけど。

　わたしを見た瞬間、瑞月くんがピシッと固まった。

きっと、何そんな変な格好してんの？って、引いてるに違いない。

すると、急にこっちに向かってズンズン歩いてきて。

「ひゃっ……！」

ガバッと勢いよく抱きしめてきた。

誰にも見せないように瑞月くんの大きな身体が、すっぽり覆ってくる。

なんだか機嫌がよくなるどころか、さっきよりも不機嫌度が増してるような気がするよぉ……。

「薫……今すぐ目閉じないと殺すよ」

「そんな物騒なことさらっと言われるとはね」

「死にたいの？　ひよのこと見た瞬間に抹殺するよ」

「はいはい、見てませんから。ってか、瑞月も幸花のこと見たら抹殺だよ？」

「ひよしか見てないし。ってか、今すぐ別の部屋用意して」

「言われなくても用意してあるから。隣の部屋使いなよ」

「薫にしては気が利くね」

わたしを抱きしめたまま、さらさら進んでいく会話。

「あと、部屋にいろいろオモチャあるから好きに使いなよ。瑞月の好きそうな愉しめるモノ用意しといたから」

「……それはどーも。しばらく出てくるつもりないけど」

「それも見越してるから。なんなら泊まっていってもいいよ。鍵かけたら完全な密室だからね。たっぷり愉しんできなよ」

天木くんたちがいる部屋から、お姫様抱っこで隣の部屋

へ連れて行かれて。

　ガチャッと鍵をかけた音がした。

　部屋にあるのは、大きなサイズのベッドだけ。

　他にはベッドのそばに何やら白い箱のようなものが置いてあるのみ。

「……その格好、襲ってくださいって言ってんの？」

「えっ……？」

「……今すぐ食べたいんだけど、どーしたらいい？」

「えぇっ？」

　ベッドの上におろされて、真上に覆い被さってくる瑞月くんは完全なオオカミさん。

「こんなエロい赤ずきん見たことない」

「ひゃっ……」

　ワンピースの裾を軽く捲られて、あいてる胸元に軽くキスを落として。

「これって、俺がお腹すかせたオオカミになっていいってことでしょ？」

「へ……っ、オオカミ……？」

「オオカミは可愛い赤ずきんちゃんを襲うって聞いたことない？」

　本気で危険な瑞月くん。

　片方の口角をあげて笑いながら、とっても愉しそうに生き生きしてる。

　さっきまでの不機嫌さは、どこかへ飛んでいったようで。

「……せっかくだから、用意してもらったオモチャ試して

みる？」

　狭い部屋で、ベッドの上。

　おまけに鍵をかけてるから密室。

「へぇ……これとかいーじゃん」

　ベッドのそばにある白い箱の中から、あるものを取り出した。

　真っ黒の、ネクタイ……というより、少し太めの紐みたいなもの。

「きつく縛ると痛いから」

「しば、る？」

　急に両手首をくっつけられて、そのまま頭上にゆっくりもっていかれて。

　そのまま黒い紐が手首にグルグル巻き付けられてるような感じがして。

「み、みつくん、何してるの……っ？」

「何してるんだろーね」

　ちょっと手首を動かしたら、やっぱり紐が巻かれてるみたいで全然動かない。

「……ん、できた。これでひよは抵抗できないね」

「えっ、これって……何したの……っ？」

「何って、俺が好き放題にできるようにしただけだよ」

　ちょっと身体をくねらせて、頭上を見たらベッドに紐がくくられていて、それにわたしの手首まで巻かれて。

　少しの力じゃ全然ほどけない。

「他にもたのしそーなオモチャあるし、とりあえずこれに

してみたけど。思ったより支配欲そそられるね」

「こ、これやだ……っ。恥ずかしいよ……っ」

「……いーじゃん。せっかくのハロウィンなんだから愉しめば」

　上から見下ろしてくる瑞月くんは、艶っぽく笑いながら今にもわたしのこと食べちゃいそう。

「可愛いひよで愉しませて」

「んっ……」

　始まりを合図するみたいに、甘いキスが降ってきた。

　軽く触れるキスから、どんどん深く堕ちていきそうになるキス。

　いつもなら手が使えるから、わずかに抵抗することもできるけど、今は縛られてるから自由がきかない。

「ぅ、みつ、くん……っ」

　名前を呼んだら、ピタッとキスが止まって。

　ただ、ジッと見つめてくる。

「やっ、恥ずかしいから見ないで……っ」

　隠したいのに隠せなくて、恥ずかしい気持ちだけがどんどん増していく。

「……恥ずかしがってんのたまんないね。可愛すぎて余計に興奮するんだけど」

　フッと笑いながら、首筋にキスを落としてチクリと痛いのが何回も続く。

　その間も、瑞月くんの器用な手は、わたしの身体のいろんなところに触れてくる。

　逃げたくても逃げられなくて、抵抗しようにも身体をよじることしかできない。

「……そーだ。ハロウィンだし甘いもの食べよっか」

「ふぇ……？」

　さっきまでキスばっかりだったのに、急に甘いもの食べようなんて。

　それに、さっきまでお菓子に興味も示さなかったのに急にどうしたんだろう……？

　すると、何やらポケットからピンクの可愛らしい包装の丸っこいものを取り出してる。

　そのまま包装を取ったら出てきたのはあめ玉。

　てっきりそれを瑞月くんが食べるのかと思いきや。

「ひよ、口あけて」

「へ……んっ」

　言われるがままあけたら、口の中にあめ玉が入ってきた。

　甘いイチゴの味が口いっぱいに広がる。

「……甘い？」

「ん、あまい、よ……？」

　なんでわたしに食べさせたのかな。

　瑞月くんが食べたいのかと思ったのに。

「んじゃ、それ俺にもちょーだい」

「もういっこないの……？」

「ないよ。ひよにあげたやつだけ」

　食べたかったなら、最初から瑞月くんが食べればよかったのに。

「トリックオアトリート」

「んえ？」

　えっ、えっ。今度は急になに……！

「ハロウィンってさ、お菓子もらえなかったらイタズラしていーんでしょ？」

「へ……っ？」

「ほら、あめくれないなら、ひよの身体にイタズラしていーの？」

　ニッと笑って、オオカミの顔をした瑞月くんが容赦なく攻めてこようとしてる。

　胸元のボタンを上からひとつずつ外して。

　スカートの裾は、見えるか見えないか絶妙な加減で捲られて。

「ま、まって……っ。あめ、あげたい……けど。もうわたしの口の中に入っちゃってて」

　カランコロンと口の中で動いて、どんどん溶けてるあめ玉。

「……だから、それちょーだい」

「えっ、どうやって……？」

「わかるでしょ。ほら、ひよの口で」

　唇を舌先で軽くペロッと舐めてきて、同じようにしてって誘ってくる。

「……うまくできるでしょ。俺がいつもしてる感じですれば」

　最初は言ってることがよくわかんなかったけど、だんだんわかってきたような気がする。

「や、やだ……っ。恥ずかしくてできない……っ」

　いくらなんでも難易度高すぎるよぉ……。

　それに、そういう大人なキスは、自分からしたことない
もん……っ。

「んじゃ、イタズラしていーんだ？」

　遠慮なくブラウスの中に手を滑り込ませて、直に肌に触
れてくる。

「ひゃっ……、それもダメ……っ」

「どっちもダメはナシでしょ？　早く決めないと、あめ溶
けるよ」

　手がどんどん奥に入って、触れちゃいけないとこまで触
れてくる。

「服から手抜いてよぉ……っ」

「だったら甘いのちょーだい」

　手首を縛られてるせいで、身動きが取れなくてされるが
まま。

　ぜんぶ瑞月くんの思い通り。

「うぅ……あげる、から……っ」

「ん。じゃあ、早くひよからキスして」

「す、するから……。これ、ほどいて……っ」

　真上でシュルッと紐がほどかれる音がして、ようやく解
放されたと思ったら。

「はい。んじゃ、俺に甘いのちょーだい」

　身体をグイッと起こされて、あっという間に目の前に瑞
月くんの整った顔。

「うぅ、今日のみつくんすごくイジワル……っ」

「なんとでも言いなよ」

　早くしないと、また何をされるかわかんないから、身体を少し前に乗り出して、瑞月くんの唇にそっと自分のを合わせる。

「ん……ぅ」

「そんなかわいー声出してないで、早く俺のこと満足させてよ」

　自分から大人なキスするなんて、恥ずかしくてぜったいできないと思ってたのに。

　スッとわずかに口をあけて、うまくあめ玉が瑞月くんの口に移るようにして……。

　あっさり受け入れられて、いつもは熱が入ってくる感覚なのに、今日は真逆だから変な感じがする。

　カランコロンッと音を立てて、口の中に広がっていた甘さが逃げていった。

「ぅ……はぁ……っ」

「ふっ……ごちそーさま」

　ずっと息を止めていたせい。

　苦しくなって、ぜんぶを瑞月くんのほうへあずける。

　ホッとしたのは、つかの間で。

「も、もうこれでおわりに……」

「まだ時間たっぷりあるんだから」

　とんでもない甘すぎるハロウィンは、まだまだおわりそうにありません。

デートはハプニングの連続。

　瑞月くんと正式に付き合い始めて2ヶ月くらいが過ぎた12月。

　学校は冬休みに入って、今日は瑞月くんと外でデートすることに。

　休みの日は、お互いの家で過ごしたりすることが多いから、ちゃんとした外デートは久しぶりかもしれない。

「わぁぁ、瑞月くん見て！　ペンギンがとことこ歩いてるよ！　可愛い〜！」

　わたしのリクエストで水族館デート。

　瑞月くんは、家でふたりでまったりするのがよかったみたいだけど、なんだかんだわたしに合わせてくれるの。

　ガラス1枚越しに歩いてるペンギンが可愛くて張り付くように見てたら。

「ひよってペンギンに似てる」

「えっ、うそっ」

　そんなこと初めて言われたよ。

「……なんか可愛くて放っておけない感じ」

「そ、それはよろこんでいいのかわかんないよ！」

「あと間抜けそうなところも似てる」

「んなっ！　間抜けは失礼だよ！」

　わたしがいちばん見たかったペンギンコーナーを通り過ぎて、奥に行くとメインの大きな水槽がある。

　周りがぜんぶ水槽で囲まれているから、少し薄暗くて自分まで水槽の中にいるような気になっちゃう。

　それに、大きな魚から小さな可愛い魚まで、いろんなのが泳いでいて思わず目で追いかけちゃう。

「あっ、瑞月くん見て！　マンボウ泳いでるよ！」

　さっきから、わたしだけハイテンションで魚たちを見てるけど瑞月くんは、いつもと変わらないテンション。

　いや、そりゃ瑞月くんがこういうところではしゃぐようなタイプじゃないっていうのは知ってるけど。

「……ひよって小さい頃から変わんないね」

　高校生にもなって、落ち着きがないって思われるかな。

「こ、子どもっぽいのダメ、かな？」

「いや、フツーに可愛いなーって」

　いきなり落ちてきました可愛い爆弾。

「ひよのそーゆー無邪気にはしゃいでるとこ、俺けっこー好き」

「うっ……不意打ちの好きは、心臓に悪いよ！」

「素直に思ったこと言っただけなのに？」

　軽く笑いながら、わたしと同じように水槽をジーッと見てる瑞月くん。

　いつも思うけど、瑞月くんって正面から見ても横から見てもほんとに整ってるなぁって。

　こんなにかっこいい人が、わたしの彼氏なんて信じられないなぁ。

「……どーしたの。そんな俺のほう見て」

「うぇ？」

　はっ、いけないいけない。

　つい見惚れてしまった。

「……魚、見なくてていーの？」

「えっ、あっ見るよ!!」

　慌てて目線を水槽に戻す。

　さりげなく手をギュッとつないでくれるから、そっちに
も意識が持っていかれて、ドキドキしたりはしゃいだり感
情が大忙し。

「今日のデートほんとに水族館でよかった……かな？」

「何あらたまってどーしたの」

「いや、えと……瑞月くんこういう場所そんなに得意じゃ
ないよね」

「別にひよと一緒ならどこでもいいよ」

　瑞月くんぜったいこういう場所とか興味ないのに、ちゃ
んと合わせてくれて、つまらなさそうな様子とか見せずに
付き合ってくれる。

　そういう優しいところも昔と全然変わってないなぁって。

「あー……でも、夜は俺の行きたいとこついてきてよ」

「うん、もちろんだよ！」

　瑞月くんの行きたいところってどこだろう？なんて思い
ながら、さらに奥のほうへ。

　さっきの大きな水槽よりも、もっと薄暗いコーナーへ。

「へー、クラゲじゃん」

「ほ、ほんとだ！　クラゲって、こんな綺麗なんだね！」

　いろんなカラーでライトアップされて、たくさん泳いでるのが幻想的。

　クラゲのイメージって海で刺されるみたいな、ちょっと怖い生き物だと思っていたけど。

　こうして見ると、すごく綺麗だしスイスイ〜って気持ちよさそうに泳いでるとこも可愛いなぁって。

　それからいろんな場所を回って、お昼ごはんを食べて。

　今日、わたしがいちばん楽しみにしていたイルカショーを見るために、開始時間より早くに場所取りをすることに。

「やっぱりイルカショーは、いちばん前の特等席で見ないと！」

　グイグイ瑞月くんの手を引いたら、なぜかものすごい力で逆のほうに引っ張ってくる。

「……いちばん前は死んでも嫌」

「そ、そんなに!?」

「フツーに考えて前はダメでしょ。水しぶきすごいことになるから」

「だ、大丈夫だよ！　ほら、タオルもバッチリ持ってきてるし！」

「そんなんじゃ、ぜったい防げないから」

　反対する瑞月くんを押し切って、なんとかいちばん前の席を確保。

　イルカショーが始まるのをワクワク気分で待ってるわたしと、ものすごく絶望的な顔してる瑞月くん。

　このときイルカを見るのに夢中だったわたしは、後先の

ことをまったく考えていなかった。

　そして数時間後。

　瑞月くんの忠告を無視したのを後悔することに。

「うぅ……くちゅん……っ」

「だから言ったのに。前の席は死ぬほど嫌だって」

「だ、だって……くちゅん……っ」

　身体がブルブル震えて、おまけにくしゃみが止まらない。

　それもそのはず。

　イルカショーが終わって、ふたり揃ってびしょ濡れ状態。

　ショーが始まったばかりのときは、こんなに近くでイルカが見えるなんてラッキー！って思いながら楽しんでいたけど。

「ラスト盛大に水かけられたじゃん」

「うぅ……」

　持っていたタオルも、まったく役に立たず。

　今は真冬といってもいい12月。

　水で身体が冷えてきて、ものすごく寒い……！

　瑞月くんもわたしの巻き添えをくらって、同じくらいびしょ濡れになっちゃってる。

　とりあえず、このままでいたらふたりとも確実に風邪をひいてしまうので、いったん水族館を出て服を乾かせるところに行くことに。

　行き着いた先は、偶然にも近くにあったビジネスホテル。

　とりあえずひと部屋取って、ホテルの人に頼んで濡れた

服をいったんあずけて乾かしてもらうことに。

　その間、部屋に用意されているバスローブみたいなのを着る。

　部屋の中は、必要最低限のものしかなくて、あくまで泊まるだけって感じ。

　ベッドが部屋の半分以上を占領していて、小さなテレビと、そばに椅子がある。

　あとは、シャワールームが入り口からすぐそばにあるくらい。

「……とりあえず、ひよ先にシャワー浴びたら？」

　こんな状況だっていうのに、瑞月くんはマイペースに普段どおり。

「先に瑞月くんがシャワー使って」

「……どーして？　ひよが風邪ひいたらどーすんの？」

「だって、わたしのせいでこんなことになってるのに……。瑞月くんだって、びしょ濡れだし……」

　それに、最後ザバーッと水しぶきが飛んできたとき、わたしが少しでも濡れないようにって、瑞月くんがかばってくれたから。

「……別にいーよ。ひよのほうが大事だし。早く身体温めてきたほうがいーでしょ」

「で、でも……っ！」

「んじゃ、一緒にシャワー浴びる？」

「ふへ……っ？」

「それならふたりとも風邪ひかなくてすみそうだけど？」

「な、なっ……む、むり……だよ……！」

　ほんとは、そうするのがいちばんだろうけど……！

　好きな人と一緒にお風呂なんて、ぜったい無理……！

「……いつか一緒に入れたらいーね」

　なんて、冗談っぽくからかわれて、わたしだけ変に慌ててばかり。

　結局、わたしが先にシャワーを浴びることに。

　早くしないと瑞月くんが風邪ひいちゃう。

　……で、頑張って早く出てきたんだけど。

「えっと、お待たせしました」

「ん、いーよ」

　どうやら瑞月くんお疲れモードみたいで、ベッドでゴロンとして眠たそう。

　わたしもベッドの上にひょいっと腰かける。

　ギシッと軋む音がしたと同じくらい。

「わっ、きゃっ……」

　座った途端、後ろからギューッと抱きつかれた。

「……髪、まだしっとり濡れてんね」

「あっ、えっと瑞月くんまってるから、急いで乾かしたせい……かな」

「へぇ……いい匂いする」

「ひゃっ」

　後ろから首筋にチュッと何度もキスをしてくる。

「み、みつくんも早くシャワー浴びてこないと、身体冷えちゃうよ……っ」

「いーよ。ひよ抱きしめたら、あったかいから」

「そ、そういうことじゃなくて！」

「んじゃ、どーゆーこと？　それとも、もっと他の方法で熱くしてくれんの？」

「他の方法……？」

　今、カチッと瑞月くんの危険スイッチが入った音が聞こえたような気がするの。

　首だけくるっと後ろに向けたら、とてもイジワルそうな顔をして笑ってた。

　こ、これは何かよからぬことを考えてるに違いない……！

「……ここホテルだし。家だとできないこと、たくさんできるね」

「なっ、う……」

「……何からしよっか」

「な、何もしちゃダメだよ……っ！　それよりシャワー浴びて……」

「だからそれはいいって。ひよに熱くしてもらうから」

「へ……っ、よくわかんないよ……」

「……キスとかしてたら身体熱くなるでしょ」

　もうこうなったら止められない。

　わたしが逃げないように後ろからガッチリ抱きついて、器用な手がいろんなところに触れてくる。

「バスローブっていーね。中に手入れやすいし」

「やっ、まって……っ」

　後ろからだっていうのに、器用にうまく隙間を見つけて

滑り込ませてくる。

「……ってか、何もつけてないの？」

「ぅや……、いま乾かしてて……。キャミソールだけ……で」

「うん、知ってる。かわいーピンクのキャミソール見えてるから」

　これじゃ、瑞月くんじゃなくて、わたしのほうが熱あがっちゃう。

「み、見ないで……っ、やだ……っ」

「見てないじゃん。後ろからだといーでしょ、見えないから」

「うぅ、でも……っひゃ」

「あー……でも、ひよの感じてるかわいー顔見れないからやだね」

　耳元でわざと囁くように話してくるせいで、余計にドキドキして心臓がフル稼働。

「この体勢だとキスもできないし」

　腰からお腹にかけて結んでるバスローブの帯がほどかれて、簡単にはだけちゃう。

「……やっぱ、いつもみたいにする？」

　こんな姿、ぜったいに見られたくない……っ。

　でも、隠すものもなくて。

「……ひよのほうから抱きついてくるなんて積極的じゃん」

「うっ、や……だって、こうしないと見えちゃう……から」

　最終手段は、瑞月くんに真正面から抱きつくこと。

　かなり大胆だけど、恥ずかしいの見られるよりマシかなって。

　わたしのほうがちょっと前のめりになって、瑞月くんが両手をベッドについて。

「……でもさ、隠されると見たくなるんだよね」

「へ……っ、わっ……」

　急に瑞月くんが全体重を後ろに倒したせい。

　そのままわたしの身体も瑞月くんのほうへ。

「……いい眺め。めちゃくちゃエロいことになってるけど」

「やっ……だ」

「ひよが覆い被さってくるのもいーね」

「こ、これは好きでしてるわけじゃなくて……っ！」

　完全に不可抗力だもん。

　瑞月くんがイジワルばっかりするから。

　これじゃ、はたからみたらわたしが迫ってるみたい。

「このままキスしてよ」

「や、やだ……」

「んじゃ、いーよ。無理やりするから」

「……んっ」

　後頭部に瑞月くんの手が回って、そのままグッと力を込めてくるせいで逃げ場がなくて重なる唇。

「これだと苦しくても抵抗できないね」

「んんぅ……」

　角度を変えて深いキスばっかりして。

　わざと、わたしがついていけないようなキスをしてくる。

　苦しくなって瑞月くんの胸をポカポカ叩く。

「はぁ……っ。いーね、この体勢でキスするの」

「ぅ……たのしまないで……っ」

「ほら、もっと俺のこと熱くしてよ」

「やっ、どこ触ってるの……っ」

「……せっかくだから、もっと愉しまないとね」

　着ていた服が乾くまでの数時間。

　瑞月くんとの甘い時間が、ずっと続いたのは言うまでもなかった。

「ぅ……瑞月くんがキスばっかりするから、唇少しヒリヒリしてる……」

「ひよが可愛い声でもっとしてとか言うから」

「そ、そんなこと言ってなぁい！」

　あれから瑞月くんの暴走は止まらなくて結局、服が乾くまでずーっとわたしにベッタリ。

　ホテルの人が乾いた服を持ってきてくれて、着替えをすませてようやく外へ。

　結構な時間ホテルにいたので外は暗くなっていて、おまけに昼間よりもさらに気温が低くて、ものすごく寒い。

　とりあえず今は、お昼に話していた瑞月くんの行きたいところに向かっている。

　どこに行くの？って聞いても、着いてからのお楽しみって言われちゃうし。

　電車を乗り継いで到着。

　広い駅のホームを出ると、そこにあったのは。

「わぁぁぁ、イルミネーションだ！」

　夜の街にライトアップされた、綺麗なイルミネーション。

「もしかして、わたしのために連れて来てくれたの？」

「……そーだね。ひよってキラキラしたやつ好きじゃん」

「そ、それは小さい頃の話だよ！」

　たしかにイルミネーションはキラキラしてるけど。

　キラキラしたやつって、ざっくりすぎるよ。

「なんかさ、イベントみたいなのもやってるらしいよ」

　イルミネーションを見ながら、少し奥に進むと見かけない大きな光のタワーがあった。

　キャンドルのタワーみたいで、そばにあるブースでキャンドルを購入（こうにゅう）したらタワーに飾っていいみたい。

　しかも、キャンドルのデザインがぜんぶ違うから、他の人と被ることがないみたい。

「わぁ、すごいっ。わたしもキャンドル買ってこようかな！」

　せっかくのデートだから、こういうので思い出を残すのも楽しそう。

　ルンルン気分でキャンドルを購入。

　ポッと火が灯（とも）って、タワーのそばに近づいて空いてるスペースにそっと置いてみる。

「ずっと見てられるねっ」

　キャンドルに夢中になっていると、真横にいたはずの瑞月くんがいなくなってる。

　あれ、どこ行っちゃった？と思ったら。

　後ろから温もりにギュッと包み込まれた。

「ひぇっ、みつくんここ街中だよ……！」

「ん、知ってる」

　人通りはそんな無いけど、こんな場所で抱きしめられたら目立っちゃうよ。

「ひよ、手出して」

「え？」

　何かと思って、右手をパーにして広げたら。

　スッと手首に何かがかけられた。

　ぶら下がってるのは小さな紙袋。

　でも、ちょっとだけ重たい。

「……かなり遅くなったけど、俺から陽依に誕生日プレゼント」

　まさかのサプライズにびっくり。

　そういえば誕生日の当日は、ケガして病院に運ばれてなかなか災難な日だったっけ。

　おまけに、お父さんに付き合うのを認めてもらうようにって、バタバタしてたから誕生日の存在が薄くなってた。

　でも、瑞月くんは、ちゃんとプレゼント用意してくれてたんだ。

「ほ、ほんとに、わたしに……っ？」

「ひよしかいないよ。渡すタイミング完全に逃してたから、こんなときになっちゃったけど」

「う、うれしいよ……っ、ありがとう……っ」

　最近、涙もろいのか、うれしくてもポロポロ涙が溢れてきちゃう。

「……泣いてんの？」

「だ、だってぇ、こんなサプライズ聞いてないもん……っ」

　瑞月くんの指先が、優しく涙を拭ってくれる。

「そりゃ、サプライズなんだからバレてたら意味ないでしょ？」

「そ、それはそうだけど……！」

　ふと、紙袋に目線を向ければアルファベットで書かれた見覚えのあるブランド名。

「あ、これ……瑞月くんが使ってる香水のブランド？」

「……よく覚えてるじゃん。ひよが俺の香水好きって前に言ってたから」

「えっ、じゃあ同じのくれたの？」

　いつか自分も同じ香水使えたらいいなぁなんて思っていたから、まさかプレゼントしてもらえるなんて。

「そーだよ。嫌だった？」

「い、嫌なわけないよ！　すっごくうれしい……！　ほんとにありがとう……っ」

「これでひよは俺のものだね」

「うぅ、ずっと瑞月くんだけのものだよ……っ」

　もちろん瑞月くんもわたしだけのものでいてくれなきゃ、やだよって胸の中でこっそり思った。

酔った甘さに要注意。

まだ冬休み中の元旦の日。

毎年この時期は、わたしの家族と瑞月くんの家族で旅行をするのが決まっていて。

今年も、12月30日から旅館に泊まって、年が明けた夜にみんなで初詣に行くことになっている。

現在12月31日、時刻は夜の11時45分。

外はとても寒いので暖かい格好をして、瑞月くん一家と初詣……の予定だったんだけど。

お母さんと小夜さんが「せっかくだから、ふたりで楽しんできなさいよ〜♡」って。

夜遅くに高校生ふたりで出歩いても大丈夫かなって心配したけど。

結局、同じ神社に参拝に行くので、何かあったときはいつでも、お母さんたちと連絡をとれるようにしておけば大丈夫とか。

──ということで。

「み、みつくん、お久しぶり……です」

「……久しぶりって数時間前に一緒にごはん食べたじゃん」

旅館の入り口で待ち合わせ。

そこから徒歩数分で神社まで行ける。

なんだかこんな遅い時間に瑞月くんと会って、ふたりで出かけるのが初めてだから緊張しちゃう。

「う、やっ、そうなんだけど！」

「初詣も毎年行ってんじゃん」

「こ、恋人同士になって行くの初めて……だから」

　そりゃ、毎年の恒例行事だし、いつものことじゃんって言われたらそれまでだけど！

「そんなかわいーこと言うなら、初詣やめて部屋で俺とたのしいことする？」

「えぇっ？」

「……なんて。さすがに両親が一緒なんだから、簡単に手出さないよ」

　ククッと愉しそうに笑いながら、わたしの手をスッと取ってつないでくれる。

　神社は結構大きくて、毎年いろんなところから人が集まるので、夜だっていうのになかなかの賑わい。

「はぐれないよーに、ちゃんと俺の手握ってないとダメだから」

「う、うんっ」

　お参りするために行列に並んで、それだけでかなり時間がかかってしまった。

　たぶん１時間以上は並んでたんじゃないかな。

　ようやくお参りできて、神社の中をぶらりと歩くことに。

「寒いから温かいもの飲みたいね」

「あそこで配ってる甘酒もらう？」

「そうする！」

　神社の人がいろんな人に甘酒を配ってるので、それをも

らうことに。

たしか、中学生の頃は甘酒が本物のお酒だと思ってて、飲んじゃダメって思ってたんだよね。

今となっては、おかしな話で笑えちゃうんだけど。

「んー、ほんのり甘くて美味しいねっ」

紙コップ1杯分。

美味しくて、つい一気に飲んじゃった。

寒い身体に温かい飲み物は、しみるなぁって。

瑞月くんも甘いのはそんなに得意じゃないけど、寒いから仕方なく飲んでる。

すると、何やら遠くのほうから巫女さんが慌てて走ってくるのが見えた。

「す、すみません……！　先ほど渡した甘酒なんですが、ひとつだけ大人用に日本酒多めで作ってしまって！　それを間違えて渡してしまって……！」

「えっ？」

ひとつだけお酒が多めに入ってたの!?

わたしが飲んだやつは、そんなお酒っぽい味は強くなかったから。

も、もしかして瑞月くんが飲んだほう!?

慌ててパッと瑞月くんを見たら、なんだか足元がフラフラしてるような。

「み、みつくん大丈夫!?」

「んー……ひよー？」

あぁ、これたぶんしっかり飲んでるし、酔いが回り始め

てる!?

　いつもの瑞月くんと違って、目がトローンとして、なんでかにこにこ笑ってるし!

　普段見せてくれない笑顔も可愛いけど!

　……って今は、そんなことどうでもよくて!

「もう飲んでしまいましたか!?」

「……は、はい。わたしのほうは大丈夫なんですけど……」

　瑞月くんは完全に、お酒にやられちゃってる。

　どうやら、お酒にかなり弱いみたい。

「す、すみません……!　こちらの手違いで」

　巫女さんが、ものすごく申し訳なそうに謝って頭まで下げてくるから。

「あっ、いえいえ!　このまま帰るので大丈夫です!　わざわざ知らせに来てくださってありがとうございました!」

　先にお参りしておいてよかったぁ……。

　とりあえず、このまま神社にいると大変なことになりそうなので、旅館へ戻ることに。

　お母さんたちには旅館へ戻ってから連絡すればいいかなぁ。

「みつくーん!　しっかり歩ける?」

「んー……むりー。ひよにくっついてる」

　旅館に戻った頃には酔いが回って、ふらふらの瑞月くんができあがってる。

　酔ってる瑞月くんは、いつもより何倍も甘えん坊で、とっ

ても素直。

　あと、まるで小さな子どもになったみたいで。

「ひよが一緒じゃなきゃ無理、死ぬ」

　いや、これはいつもどおりかな。

　大きな瑞月くんの身体を支えて、なんとか部屋に到着。

「はい、部屋に着いたよ！　奥にお布団敷いてあるから横
になったほうがいいかな？」

「……ひよも一緒に横になって」

「わ、わたしはいいから！　とりあえずお母さんたちに連
絡しなきゃだし、お水とか持ってくるから！　瑞月くんは
お布団のほう行って！」

　ちょっと強めに言ったら、シュンと落ち込んだ様子でお
となしく布団へ。

　その間に、わたしはお母さんたちに連絡。

　そしてお水を確保するために、冷蔵庫の中を見ていたら。

「んぎゃ……っ、重い……！」

「んー……ひよー、ひよー」

　酔っ払い瑞月くん登場。

　酔ってるせいで力の加減がおかしくなっていて、構わず
に後ろから全体重をかけてくる。

「そ、そんなに呼ばなくても、ここにいるから！」

「俺ひとりじゃ寝れない。ひよが一緒じゃないと死んでも
寝ない」

　言ってること、めちゃくちゃだよ……！

　酔っているから力がないのかと思えば、わたしを簡単に

抱き上げてお姫様抱っこしてくるし。

　そのまま一緒に布団のほうへ。

　いきなりドサッと押し倒されて、かなり強引に唇を塞いできた。

「んんっ、まって……っ」

　キスの加減もおかしくなってる。

　最初は軽く触れるキスから慣らすようにしてくるのに、今はもういきなり口をあけようとしてくるから。

　ここで流されちゃダメって、なんとか抵抗するけど全然びくともしない。

　両手を布団に押し付けられて、貪るようにキスをして逃がさないように顎をグッとつかんでくる。

「はぁ……っ、ひよ……もっと」

「んっ……ちょっ、止まっ……ん」

　いつもより呼吸が荒い瑞月くん。

　余裕さなんてどこかに置いてきたみたいに、自分の欲にまかせてキスばっかり。

　熱っぽい瞳。

　色っぽくて艶っぽい表情。

　今の瑞月くんに、理性ってものはなさそうで。

「あー……もう全然足りない」

「ひゃぁ……っ」

「ねー……ひよの感じるとこ教えて」

「ま、まって、ほんとにまって……っ」

　さっきまで両親と一緒なんだから手出さないとか言って

いたのはどこの誰……!?

　いや、これはお酒の力だから、瑞月くんは悪くないのかもだけど……！

「……もっと、ひよが感じてるとこ見たい」

　いつの間にか、服の中に手を滑り込ませて背中をツーッとなぞってくる。

「やっ、服から手抜いて……っ」

「……これ邪魔」

「へ……ひゃっ……」

　わたしの言うことぜんぶ無視。

　酔ってるくせに、指先の器用さはそのままで。

　パチンッと音がして、胸の締めつけがふわっとゆるくなった。

「みつくんってばぁ……っ」

「んー、なに」

　悪気もなさそうに、服の裾を捲り上げてきて。

「……いい眺め。エロすぎるね」

「うぅ、やぁ……っ」

　胸元とか、お腹のあたりにキスを落として。

　このままじゃキス以上のことしちゃうんじゃ……っ。

　こんな酔った勢いでされちゃうのは、やだよ。

「うぅ、みつく……んぅ」

「かわいー。もっと鳴かせたくなる」

　いま自分が瑞月くんの瞳にどう映ってるかなんて、気にしてる余裕も無くなるくらい。

　ギュッと閉ざしていた口も、誘うようにこじあけられて。

　スルッと舌が入ってきて、口の中が熱でいっぱいになる。

「ふっ……ぅ」

　何回しても、大人なキスは息をするタイミングがうまくつかめない。

　こうなったら、なんとかして瑞月くんの酔いを覚まさないと。

「ま、まって……っ。ちゃんとお水、飲もう……っ？」

「……いらない。ひよだけ欲しい」

「お願いだからお水……！」

　すると、何を思ったのか急にピタッと動きを止めて。

「……そんなに飲みたいなら飲ませてあげよーか？」

「っ、え？」

「どーせなら口移しする？」

「っ!?　なっ、し、しないから……！」

　瑞月くんの暴走が止まってる隙に、自分の服をちゃんと直すことができた。

　すると今度は。

「んー……なんか眠くなってきた」

　ひとりで寝てくれたらいいのに、なぜかわたしまで布団のほうに巻き込んでくるから。

「ちょっ、みつくんっ……!?」

「……おやすみ」

　あれだけ暴れていたのに今度は、おとなしく寝たり酔っ払い瑞月くんに振り回されてばかり。

　そしてしばらくしてから、小夜さんたちが部屋に帰って
きて、恥ずかしさに襲われながら状況を説明したのは言う
までもない。

はじめて、ぜんぶ。

　冬があっという間に過ぎていき、気づいたら春を迎えた
3月。

　今日は3年生の卒業式。

　本来なら、在校生は卒業式に参加して終わったら帰って
いいはずなんだけど。

「悪いね。かくまってもらっちゃって」

「な、なんでわたしまで巻き込むんですか……！」

　わたしは今なぜか、月希先輩と一緒に空き教室に隠れて
おります。

　いや、なんで急にこんなことになったかって、事情を説
明すると。

　卒業式が無事に終わって、月希先輩にもいちおうお世話
になったから、最後に挨拶しようと思って探していたら。

　複数の女の子に追いかけられている月希先輩にバッタリ
遭遇。

　おまけに隠れるの手伝ってなんて言いながら、わたしを
連れて逃げて。

　最終的に選んだ隠れ場所は、使われていない空き教室。

　ほんとは外に出たいんだけど、今もまだ月希先輩を探し
ている女の子たちがうろうろしてるから。

　出るに出られない状況……というわけですよ。

　そもそも、かなりお久しぶりに会ったのに、いきなりふ

たりで教室に隠れることになるって。

「というか、隠れるのは先輩だけでよかったんじゃないですか……!?　なんでわたしまで！」

「んー、そんな細かいこと気にしなくてい〜じゃん。もう僕卒業しちゃうんだから、最後くらい優しくしてくれてもバチ当たらないよ？」

「ダメです……！　そんなことしたら、瑞月くんに怒られちゃいます……！」

「ははっ、というかこの状況バレた時点で、まずいだろうね」

「うぬ……」

　月希先輩とふたりでいたなんて知られたら、大変なことになっちゃう。

「そういえば、ふたりとも無事に付き合えたんだって？噂で聞いたけど。僕を選んでおけばよかったって後悔する日が来ればいいのにね」

「せ、先輩は相変わらずさらっと毒を吐きますね」

「そりゃ、好きな子の幸せは願ってるけど、あわよくば自分のものになればいいなーと思うものでしょ？」

「ど、どうでしょう……」

「僕ってさ、けっこう諦め悪いから。まだ陽依ちゃんへの気持ち吹っ切れてないかもよ？」

　危険センサーがすぐに反応して、パパッと先輩と距離を取った。

「わー、傷つくなぁ」

「あ、あんまり近づくのダメです！」

「ガード固くなったね。瑞月くんにしっかり教育されてる証拠だ？」

相変わらずにこにこ笑顔の先輩。

というか、そろそろ探してる女の子たちもどこかに行ったんじゃ？

いつまでもこんなところにいたら、そのうち瑞月くんから連絡来ちゃいそう。

「おまけに独占欲の強さも人一倍だね。こんな目立つ場所にキスマークなんかつけてさ」

わたしの首筋にかかる髪をスッとどかして、そんなことを言うから、慌てて髪の毛でバサッと隠す。

み、瑞月くんってば、また見えるようなところに痕残すから……！

ブラウスで隠せないような位置につけるし、消えかけたらまたつけちゃうし。

「こんなところに痕残すってことは、ふたりの関係もそれなりに進んでるんだ？」

「す、進んでる……とは？」

「ははっ、とぼけてもダメだよ？ 付き合ってそれなりに経つんだから、キス以上のこともしてるよねって話」

キス、以上……。

ちゃんと付き合い始めて、もうすぐ半年くらいだけど。

キス以上のことは全然してない。

むしろ、わたしが今でもキスについていくだけで精いっぱいで、それ以上のことは、あんまり意識してなくて。

　でも、いずれはそういうこともするのかな……なんて、ぼんやり考えるくらい。

　瑞月くんもキスとか、それより少し先のことはしてくるけど、ぜったい最後までしない。

　キスよりもっとなんて、大人な世界すぎてわたしには、まだまだなような。

「反応なしってことは、そーゆーことしてないんだ？」

「うっ……」

「てっきりもうしてると思ったけど。フツーだったら、もうすませてそうなのにね」

「そ、それはわたしたちがフツーじゃない……ということですか？」

「んー、まあ瑞月くんがフツーじゃないね。だって、好きな女の子としたいって思うのは当たり前のことだし」

「……」

「それでもしてこないってことは、もしかしたら瑞月くんが我慢してる可能性もあるね」

「がまん……」

「きっと、陽依ちゃんのペースに合わせてるのかな。でもさー、男って我慢の限界あるから、我慢できなくなったら他の女の子とそーゆーことしちゃうかもね」

　わたしがいつまでも子どもっぽいせいで、瑞月くんの我慢の限界とやらがきて、もしかしたら見捨てられちゃう可能性もあるってこと……!?

「もしくは、陽依ちゃんとそーゆーことしたいと思えない

とか」

　そ、それはわたしの魅力不足……的な？

「まあ、これだけ強い独占欲見せてるから、それは無さそうだけど。ただ、あんまり我慢させるのはよくないね」

「我慢するのって、つらいことですか？」

「んー、まあね。好きな子に触れられないって、結構きついものだよ？　理性保つのもなかなかつらいからね」

　瑞月くんと順調に進んでると思っていたのに、ここにきてまさかの壁にぶち当たってしまった。

「……って、僕は何をアドバイスしてるのかな。まあ、僕が最後に教えられるのはこれくらいかな？　これからも瑞月くんと仲良くね」

　こうして、月希先輩は去っていってしまった。

　それから数日。

　いろいろモヤモヤ考えた結果。

「……ひよ？」

「ひゃ、ひゃいっ！」

「……どーしたの。最近わかりやすいくらいに不自然さ全開だけど」

「うぅ……」

　瑞月くんの顔を見るたびに、キスより先のことが浮かんで、自然に接することができない。

　意識してるの丸出しすぎて恥ずかしい……！

「……なーに、悩み事？」

「う、やっ、えと……」

「俺にも話せないの？」

　話したいけど、そんな簡単に聞いていいのかわかんない。

　そもそも、瑞月くんに我慢をさせちゃってるのかもわかんないし。

　でも、考えてみるとキスしてるとき「……無理、理性死ぬ我慢できない」とか言ってるような。

　つ、つまり、いろいろ我慢してくれてる……ってことだよね。

　うぁぁぁ、考え始めたら思考がショートしそうだよ……。

「……気になるじゃん」

「そ、そんな気にするようなことじゃないよ！」

　瑞月くんの性格上、自分が気になったことはとことん追及してくるから。

　まさかこれで逃がしてくれるわけもなく。

「んー……。じゃあ、ひよのこと今日ずっと離さない」

「えっ？」

「ってか、今日家に誰もいないから泊まりにきて」

「えっ、えっ!?」

「ひよの両親には俺が許可もらうから」

　まさかのまさか。頭の中いっぱいいっぱいなのに。

　お泊まりなんて、そういうことするって意識しないわけなくて。

　付き合い始めてから、数回だけど瑞月くんの家に泊まっ

たり。

　逆もあって、わたしの両親がいない日は瑞月くんが泊まりに来てくれたり……したけど。

「……夜、ひよのことぜったい離さないから覚悟しなよ」

　結局……ひと晩泊まることになってしまった。

　ちなみに今日は金曜日なので、明日は学校が休み。

　おまけに瑞月くんのご両親は旅行で月曜日まで帰って来ないらしく……。

　いろいろと急すぎるんだよぉ……。

　晩ごはんを食べて、そのあとお風呂をすませて。

　あっという間に夜になってしまい、寝る時間になった。

　わたしの頭の中は、相変わらずいろんなことが駆け巡っていて、不自然を通り越して上の空。

　今だって、一緒に寝ようって誘われて、ふたりだと少し狭いベッドの上。

　お泊まりのときは、いつも一緒に寝てるから断るのも不自然かなって。

　でもでも、そばにいたら意識しちゃうし。

「……ひよさ。なんでそんな端っこに逃げるの。いつもみたいに抱きしめさせてよ」

　どうしたらいいかわかんなくなって、狭いベッドの端っこに避難。

　だけど、すぐに瑞月くんが近づいてくるから、結局お互いの距離はゼロ。

　後ろから隙間がないくらい抱きついてくる。

　この距離感にも、いつまでたっても慣れない。

「ひーよ」

「ひゃぁ……っ」

　フッと耳元に軽く息を吹きかけられたせいで、変な声が出ちゃう。

「また上の空？　俺と一緒にいるのに」

　ちょっと拗ねた声。

　胸元あたりで瑞月くんの手が動いて、部屋着のチャックをジーッとおろす音が聞こえる。

「な、何してるの……っ」

「ひよが俺のことちゃんと考えるように、身体に教えようとしてるだけ」

　そのまま部屋着の中にスルリと手を入れて、肌に触れてなぞって。

「やっ……ま、って……」

　相変わらず触れられるのに慣れなくて、身体をよじると。

「……あんま動くといろんなとこ触るけど」

　ご機嫌が悪い瑞月くんは容赦ない。

　手を動かしながら、首筋に何度も吸いつくようにキスを落として。

　狭いベッドで逃げようとしても、どこにも逃げ場なんかなくて。

「……こっち向いて、ひよ」

「ん……っ」

　無理やり瑞月くんのほうを向かされて、あっけなく唇を
奪われる。

　いつもみたいに熱がじわじわと広がっていく。

　最近わたしの身体おかしくて。

　瑞月くんとのキスが気持ちよくて、もっと甘いのしてほ
しいって思っちゃう。

「……ひよから口あけるなんて珍しーね」

「っ、……」

「……そのまま舌出して」

　言われるがまま。

　瑞月くんの言うとおりにしたら、満足そうに笑ってもっ
ともっと深いキスをしてくるの。

「……可愛すぎて我慢できなくなりそう」

　やっぱり我慢してるのかな。

　今ここで聞いたらダメなこと……？

　でも、聞かなきゃずっと不自然さ全開だし、気にしすぎ
て上の空になっちゃうし。

「み、みつくんは……がまん、してるの……っ？」

　あぁ、聞いちゃった。

　ゆっくり顔を上げて瑞月くんを見たら、ちょっとびっく
りしてる。

「そりゃ……するでしょ」

「どうして？」

「……自分の欲のままに、ひよのこと壊したくないから」

「で、でも……我慢するの、つらくないの……？」

「……好きな子のためなら、それくらいできないとダメで
しょ」

「そ、それじゃあ……我慢しなくていいよって言ったら、
どうする……？」

「……それさ、ちゃんと意味わかって言ってんの？」

「わ、わかってる……よ。キスよりもっと……するってこと」

「……言っとくけど、理性なんて一度崩れたらあてになら
ないよ。ひよが嫌がって泣いて痛がっても、やめてあげら
れないし」

　大切なものを包み込むように、大きな手のひらが頬に触
れて、チュッと軽く落ちてきたキス。

「も、もう瑞月くんには、たくさん待ってもらって我慢し
てもらった、から……っ」

　きっと、わたしの知らないところで瑞月くんはわたしの
ことを考えてくれて、ペースに合わせてくれて。

　たまにちょっと強引なところもあったけど、ぜったいど
こかでブレーキをかけてくれていたから。

「もう我慢、しなくていいよ……っ。わ、わたしも……もっ
と瑞月くんに触れてほしい、よ……っ」

　その瞬間、瑞月くんの表情がグラッと崩れて──強引な
キスが落ちてきた。

「……そんな可愛い誘い方されたら理性なんてなんも役に
立たないんだけど」

　たぶんここで止まらなかったら、もう後には引き返せな
いかもって。

　暗闇に薄っすら映る瑞月くんは余裕さが欠けていて、つらそう。

　だから――。

「み、みつくんの……好きにしてください……っ」

　余裕のないキスがたくさん。

　心臓のドキドキも最高潮。

「はぁっ……、もうどーなっても知らないよ」

　でも、わたしが怖がらないように、優しくしてくれて。

　キスよりもっとするたびに、ちょっとこわい気持ちもあるけど、瑞月くんの触れ方がとびきり優しいから。

　はじめては恥ずかしいことばかりで。

「……ん、やぁ……っ」

「はぁ……、ごめん。うまく加減できない」

　ベッドのシーツをギュッとつかむ力が強くなる。

　息もうまくできなくて、でも何度もキスを求められて、触れられて。

　好きな人のぜんぶを受け止めることは簡単じゃない。

　痛みも甘さもぜんぶ。

　でも、瑞月くんだからぜんぶ受け止められるような気がして。

　熱い波が一気に押し寄せてきて、呑み込まれそうになる。

　スッと堕ちていくような感じがして、今までにない感覚がちょっとこわい。

　だけど、それをぜんぶ包み込むような瑞月くんの優しさと、幸せな気持ちが溢れてるから。

「だいすき……瑞月くん……っ」

「俺は愛してるよ、陽依」

　これからも、ずっとずっと——だいすきな瑞月くんに溺れていたい。

End

あとがき

　いつも応援ありがとうございます、みゅーな**です。

　この度は、数ある書籍の中から『独占欲全開なモテ男子と、幼なじみ以上になっちゃいました。』をお手に取ってくださり、ありがとうございます。

　皆さまの応援のおかげで、12冊目の出版をさせていただくことができました。本当にありがとうございます……！

　またしても幼なじみものを書きました（笑）。

　近刊も幼なじみでしたが、やっぱり幼なじみものが書きやすいなぁって。これ何回目って話なんですけども（笑）。

　ただ、いつもと少しだけ違ったのは、幼なじみから仮の恋人同士になるみたいな展開は書いたことがなかったんじゃないかなぁと。

　書いていて、このふたりこれで付き合ってないの？って、繰り返し思ってました（笑）。

　それと、今回のヒーロー瑞月は、わたしの作品の中で初の黒髪男子です……！

　いつもヒーローは、イメージがどうしても明るい髪ばかりになってしまうんですが、瑞月は黒髪がすごく似合うような気がして……！

　カバーイラストのふたりが、ほんとに素敵すぎて……！

　そして、1年前も同じ月に文庫を発売させていただいて、今年もこうしてこのような機会をいただけて本当にうれしく思います。

　すごく今さらなんですが今年は"ひたすら頑張ること"を目標にしています。

　もちろん、"頑張ること"の中に作品を書くことも入っています。

　また皆さまに、たくさん作品をお届けできたら……と思いながら執筆も頑張ります！

　最後になりましたが、この作品に携わってくださった皆さま、本当にありがとうございました。

　そして、今回もカバーイラストを引き受けてくださったイラストレーターのOff様。いつもイメージどおりにイラストを描いてくださり、今回もとびきり可愛いカバー、相関図、挿絵を描いてくださり本当にありがとうございました。個人的に陽依と瑞月がキスしてる挿絵がとても気に入ってます。

　そして、ここまで読んでくださった皆さま、応援してくださった皆さま、本当にありがとうございました！

　またどこか、別の作品でお会いできることを祈って。

2021年7月25日　みゅーな＊＊

作・みゅーな＊＊

中部地方在住。4月生まれのおひつじ座。ひとりの時間をこよなく愛するマイペースな自由人。好きなことはとことん頑張る、興味のないことはとことん頑張らないタイプ。無気力男子と甘い溺愛の話が大好き。近刊は『芸能人の幼なじみと、内緒のキスしちゃいました。』など。

絵・Off（オフ）

9月12日生まれ。乙女座。O型。大阪府出身のイラストレーター。柔らかくも切ない人物画タッチが特徴で、主に恋愛のイラスト、漫画を描いている。書籍カバー、CDジャケット、PR漫画などで活躍中。趣味はソーシャルゲーム。

ファンレターのあて先

〒104-0031
東京都中央区京橋1-3-1
八重洲口大栄ビル7F

スターツ出版（株）書籍編集部 気付
みゅーな＊＊先生

KEITAI
SHOUSETSU
BUNKO
野いちご SINCE 2009

独占欲全開なモテ男子と、
幼なじみ以上になっちゃいました。

2021年7月25日　初版第1刷発行

著　者　みゅーな＊＊
　　　　©Myuuna 2021

発行人　菊地修一

デザイン　カバー　百足屋ユウコ＋しおざわりな
　　　　　　　　　（ムシカゴグラフィクス）

　　　　　フォーマット　黒門ビリー＆フラミンゴスタジオ

ＤＴＰ　久保田祐子

編　集　長井泉　本間理央

発行所　スターツ出版株式会社
　　　　〒104-0031　東京都中央区京橋1-3-1　八重洲口大栄ビル7F
　　　　出版マーケティンググループ　TEL03-6202-0386
　　　　（ご注文等に関するお問い合わせ）
　　　　https://starts-pub.jp/
印刷所　共同印刷株式会社
Printed in Japan

ISBN　978-4-8137-1121-6　C0193

『溺愛王子は地味子ちゃんを甘く誘惑する。』ゆいっと・著

高校生の乃愛は目立つことが大嫌いな、メガネにおさげの地味女子。ある日お風呂から上がると、男の人と遭遇！　それは双子の兄・嶺亜の友達で乃愛のクラスメイトでもある、超絶イケメンの凪だった。その日から、ことあるごとに構ってくる凪。甘い言葉や行動に、ドキドキは止まらなくて…？

ISBN978-4-8137-1091-2
定価：649円（本体590円＋税10%）

ピンクレーベル

『超人気アイドルは、無自覚女子を溺愛中。』まは。・著

カフェでバイトをしている高2の雪乃と、カフェの常連で19歳のイケメンの颯は、惹かれ合うように。ところが、颯が人気急上昇中のアイドルと知り、雪乃は颯を忘れようとする。だけど、颯は一途な想いをぶつけてきて…。イケメンアイドルとのヒミツの恋の行方と、颯の溺愛っぷりにドキドキ♡

ISBN978-4-8137-1093-6
定価：671円（本体610円＋税10%）

ピンクレーベル

『今夜、最強総長の熱い体温に溺れる。～DARK & COLD～』柊乃なや・著

女子高生・瑠花は、「暗黒街」の住人で暴走族総長の響平に心奪われる。しかし彼には忘れられない女の子の存在が。諦めたくても、強引で甘すぎる誘いに抗えない瑠花。距離が近づくにつれ、響平に隠された暗い過去が明るみになり…。ページをめくる手が止まらないラブ＆スリル。

ISBN978-4-8137-1092-9
定価：649円（本体590円＋税10%）

ピンクレーベル

『君がすべてを忘れても、この恋だけは消えないように。』湊祥・著

人見知りな高校生の栞の楽しみは、最近図書室にある交換ノートで、顔も知らない男子と交換日記をすること。ある日、人気者のクラスメイト・樹と話をするようになる。じつは、彼は交換日記の相手で、ずっと栞のことが好きだったのだ。しかし、彼には誰にも言えない秘密があって…。

ISBN978-4-8137-1094-3
定価：649円（本体590円＋税10%）

ブルーレーベル

読むたび何度でも恋をする…全力恋宣言！
毎月25日はケータイ小説文庫の日♥

心に沁みるピュアラブやキラキラの青春小説、
「野いちご」ならではの胸キュン小説など、注目作が続々登場！

ケータイ小説文庫　2021年4月発売

『極上男子は、地味子を奪いたい。①』 ＊あいら＊・著

トップアイドルとして活躍していた一ノ瀬花恋。電撃引退後、普通の高校生活を送るために、正体を隠して転入した学園は、彼女のファンで溢れていて……！ 超王道×超溺愛×超逆ハー！ 御曹司だらけの学園で始まった秘密のドキドキ溺愛生活。大人気作家＊あいら＊の新シリーズ第1巻！

ISBN978-4-8137-1078-3
定価：649円（本体590円＋税10%）

ピンクレーベル

『花嫁修業のため、幼なじみと極甘♡同居が始まります。』 言ノ葉リン・著

高校生の歌鈴は、超が付くお嬢様。イケメンの幼なじみ・蓮に溺愛される日々を送っていたある日、突然親の命令で未来の婚約者のための花嫁修業をすることに。しかも修業先は蓮の家。ドキドキの同居生活がスタートしたはいいけれど、蓮は「このまま俺の嫁にする」と独占欲全開で…？

ISBN978-4-8137-1077-6
定価：649円（本体590円＋税10%）

ピンクレーベル

『イジメ返し2〜新たな復讐〜』 なぁな・著

高2の愛奈は、クラスメイトのイジメっ子・カスミたちから壮絶なイジメを受けていた。そんな愛奈は、同級生の美少女・エマからカスミたちへの復讐を持ちかけられていた。なんとエマは、「イジメ返し」という名の復讐の遺志を継ぐ者だった――。復讐に燃える愛奈の運命は!? 大ヒットシリーズ、待望の新章！

ISBN978-4-8137-1079-0
定価：649円（本体590円＋税10%）

ブラックレーベル

ケータイ小説文庫　2021年8月発売

NOW PRINTING

『そろそろ、俺を好きになれば？(仮)』SEA・著

高校生の愛咲と隼斗は腐れ縁の幼なじみ。なんだかんだ息ぴったりで仲良くやっていたけれど、ドキドキとは無縁の関係だった。しかし、海外に行く親の都合により、愛咲は隼斗と同居することになる。ふたりは距離を縮めていき、お互いに意識していく。そんな時、隼斗に婚約者がいることがわかり…？

ISBN978-4-8137-1137-7
予価：550円（本体500円＋税10%）　　ピンクレーベル

NOW PRINTING

『極上男子は、地味子を奪いたい。③(仮)』＊あいら＊・著

元トップアイドルの一ノ瀬花恋が正体を隠して編入した学園は彼女のファンで溢れていて……！　暴走族LOSTの総長や最強幹部、生徒会役員やイケメンクラスメート…花恋をめぐる恋のバトルが本格的に動き出す!?　大人気作家＊あいら＊による胸キュンシーン満載の新シリーズ第3巻！

ISBN978-4-8137-1136-0
予価：550円（本体500円＋税10%）　　ピンクレーベル

NOW PRINTING

『君に惚れた僕の負け。(仮)』小粋・著

高2の恋々は、親の都合で1つ下の幼なじみ・朱里と2人で暮らすことに。恋々に片想い中の朱里は溺愛全開で大好きアピールをするが、鈍感な恋々は気づかない。その後、朱里への恋心を自覚した恋々は動き出すけど、朱里は恋々の気持ちが信じられず…。すれ違いの同居ラブにハラハラ＆ドキドキ♡

ISBN978-4-8137-1135-3
予価：550円（本体500円＋税10%）　　ピンクレーベル

NOW PRINTING

『君が天使になる日まで(仮)』ゆいっと・著

小さい頃から病弱で入退院を繰り返している莉緒。彼女のことが好きな幼なじみの琉生はある日、『莉緒は、あと38日後に死亡する』と、死の神と名乗る人物に告げられた。莉緒の寿命を延ばすために、彼女の"望むこと"をかなえようとする。一途な想いが通じ合って奇跡を生む、感動の物語。

ISBN978-4-8137-1138-4
予価：550円（本体500円＋税10%）　　ブルーレーベル